U0532113

你的奥尔加

〔德〕本哈德·施林克 著
沈锡良 译

**BERNHARD
SCHLINK**

新经典文化股份有限公司
www.readinglife.com
出 品

第一部

1

"她不会给你添麻烦的,她最喜欢站着看。"

母亲将女儿托付给女邻居时跟她说。女邻居起先不相信,可事实就是这样。小女孩一岁,站在厨房里,一个个看过来:配有四张椅子的桌子,餐具柜,上面放着平底锅和汤勺的炉灶,冲洗餐具的水槽,上面有一面镜子的盥洗盆,窗户,窗帘,最后是吊在天花板上的电灯。然后她走上几步路,站在敞开的卧室门口,在这里也能看到所有的一切:床,床头柜,橱柜,抽屉柜,窗户以及窗帘,最后又是电灯。她看得津津有味,尽管女邻居家里的布局和自己家里的没有什么不同,家具也几乎没有什么两样。当女邻居心想这个一声不吭的小女孩现在已将这个二居室里能看到的一切都看过了之后(厕所在楼梯间里),就把她放在了窗户旁的椅子上。

这个区很贫穷,每一栋高耸的房子后面都有一个狭窄的院子,还有一幢房子。狭小的马路上挤满了来自不同房子里的许许多多人、有轨电车和手推车。有人在出售手推车里的土豆、蔬菜和水果,有人售卖挂在胸前的托盘里的小玩意儿、香烟和火柴,年轻人在卖报,女人们在卖身。男人们在各个拐角等待机会,不管什么样的机会。每隔十分钟,便有两匹马拉着一辆车穿越铁轨,小女孩鼓起掌来。

即便她越长越大,她依然愿意站着观看。并不是她走路方面有问题,她走起路来既熟练又稳当。她想要观察,想让自己明白周边发生了什么事。她的父母彼此几乎不说话,也几乎不和她说话。这姑娘能说话和明事理,要归功于这位女邻居,她喜欢说,也说得很多,在一次摔倒之后无法干活了,于是常常帮女孩的母亲一把。当她和女孩出门时,她只能慢慢走路,不得不时时地停下脚步。可是,凡她能看到的东西她都要说上一通,解释一下,评价一番,教训一顿,小女孩都来不及听,而这种慢慢走路、经常停下对她正合适。

女邻居觉得小女孩应该多和其他孩子玩耍。可在黑漆漆的院子里和过道里,一切都很粗暴,谁想要有所主张,就必须斗争,谁不斗争,就要受折磨。不如说,孩子们的游戏是对生存斗争的准备,而不是一种娱乐。这小女孩并没有胆怯或者软弱。她不喜欢游戏。

她还没上学,就学会了读和写。女邻居起先不想教她,免得她在学校里感到无聊,可还是教了。这小女孩阅读从她家里找到的书,《格林童话》,霍夫曼斯塔尔①的《一百五十篇道德小说》,《神奇仙女娃娃的命运》②,以及《蓬蓬头彼得》③。她长时间地站着看书,倚靠在餐具柜或者窗台上。

倘若不会阅读和书写,这小女孩在学校里一定会觉得没劲。那位男教师用一根棍子反复地教四十个女学生一个个字母,而这种领读和跟读、领写和抄写很枯燥乏味。可女孩子拼命学着计算,好在购物时检查小贩是否算错。她喜欢唱歌,在乡土课上老师带着全班同学郊游,女孩子认识了布雷斯劳④这座城市和周边地区。

2

她学会了在贫穷中成长。学校是一幢红砖新建筑,有着

---

① 胡戈·冯·霍夫曼斯塔尔(Hugo von Hofmannsthal,1874–1929),奥地利诗人、剧作家。(本书注释若无特别说明均为译注。)
② 德国女作家安东妮·冯·科斯马尔(Antonie von Cosmar,1806–1870)的翻译作品,原作者为法国女作家路易丝·德·奥朗尼。
③ 德国家喻户晓的经典儿童绘本。
④ 今属波兰,曾为德国西里西亚首府。

5

黄色砂石的壁炉台和壁柱，要比本区的其他房子更漂亮，但这并不意味着其他房子都破旧不堪。学校就是学校。可是，当小女孩看到宽阔的马路旁雄伟壮丽的住宅、带花园的别墅、富丽堂皇的公共建筑以及宽敞宏伟的广场和设施，当她在河岸边和大桥上更自由地呼吸时，她才明白自己所在的区里生活着穷人，她也是其中的一员。

她的父亲是码头工人，港口里没活可干时，他就待在家里。她的母亲是洗衣妇，从经济境况良好的人家家里取来换洗衣物，将一捆东西放在头顶上带回家，把它们洗干净、熨烫好，将那捆裹进床单的东西放在头顶上再送回去。她日复一日地干活，可干的活并没有给她带来很多收益。

父亲在转运煤炭期间连续多日睡不着觉、不能更衣，于是他就生病了——头疼、眩晕、高烧。母亲用湿毛巾冷敷他的额头和面颊。当母亲对自己的肚子和肩膀上出现微红色的皮疹感到害怕，然后叫来医生会诊时，也发觉自己头晕和发起烧来，医生诊断他们得了斑疹伤寒，于是将两人送入医院。他们和小女孩匆匆告别。

她看不到自己的父母。她不能被传染上疾病，因而人们不允许她上医院看望父母。直至父亲一周后去世，母亲十日后也追随丈夫而去时，她从暂时照看她的女邻居那里听说，父母亲又重新在一起了。她很想待在女邻居家里,女邻居也很想收留她。可她的祖父决定把小女孩带到波美拉尼亚[①]。

早在祖母操持葬礼,清理掉家里的所有东西,通知学校女孩离校的时候,两人的关系就不是很和谐了。祖母先前并不赞同儿子的婚事。她有点以自己的德意志血统而自豪,拒绝让奥尔加·诺瓦克做她的儿媳妇,即便诺瓦克能说流利的德语。她也并不赞同这对夫妇给女孩起母亲的名字。只要小女孩在她的监护之下,她就应该有一个德国人的名字,而不是斯拉夫人的名字。

可奥尔加不接受德国人的名字。当祖母试图向她解释斯拉夫人名字的缺点和德国人名字的优点时,奥尔加却是一脸茫然地看着她。祖母将自己认为很好的德国名字提供给孙女,从埃德尔特劳德到希尔德加德,她拒绝从中选出一个名字。祖母解释说,那就这样吧,叫她黑尔加,几乎和奥尔加一样,她却两臂交叉,一言不发,对黑尔加的称呼不做出任何反应。于是从布雷斯劳到波美拉尼亚的火车上,以及抵达后的刚开始几天,都是这样的情况。然后祖母就让步了。可从那时起,在她眼里,奥尔加就是一个固执己见、毫无教养、忘恩负义

[①]曾经是德国的一个省,现大部分位于波兰。

的孩子。

一切对奥尔加都很陌生：离开大城市来到小乡村和辽阔的原野；离开有着不同年级的女子学校来到男女生同在一个教室的学校；周围不再是活泼的西里西亚人，而是安静的波美拉尼亚人；离开热情的女邻居，与固执的祖母共处；看书的自由时光少了许多，取而代之的是田里和花园里的劳作。她知道穷孩子从小应该如何行事，可她比其他孩子想要更多，想学习更多，想知道更多，想拥有更多的能力。祖母没有书，没有钢琴，奥尔加就不放过那个老师，直至他从图书馆里给她借书；也不放过那个管风琴师，直至他教她弹奏管风琴，并允许她练琴为止。在坚信礼[①]课上，牧师轻蔑地谈起大卫·腓特烈·施特劳斯[②]的《耶稣传》时，她就央求他把书借给她看。

她很孤单寂寞。乡下比城里可玩的东西更少，孩子们必须干活。即便玩，也只是玩些很粗糙的东西。奥尔加一向应付自如，可她并不真正属于其中。她渴望找到同样不属于其中的人。直到她找到了一个。他也同样与众不同。从一开始就是。

[①] 新教中进入成年期的一种宗教仪式。在此之前，学生得上坚信礼课程。
[②] 大卫·腓特烈·施特劳斯（David Friedrich Strauss, 1808–1874），德国作家、哲学家和神学家。

3

  他几乎还不会站立时,就想要走路。因为他一步步走路走得不够快,一只脚还没着地,另一只脚已经抬起,所以跌倒了。他站起来跨出一步,再跨出一步,结果又走得太慢,一只脚还没落下,另一只脚又已经离地,于是再次跌倒。站起,跌倒,站起——他不耐烦却又孜孜不倦地继续做下去。他不想走路,他想奔跑——他母亲想。她看着他,然后摇摇头。

  他学会一只脚碰到地,另一只脚才可以离地之后,却还是不想走路。他迈开敏捷的小步伐奔跑,当父母像当时刚刚流行的那样,给他套上挽具牵着他走路时,他们忍不住发笑,因为这个小男孩散步时犹如一匹小马那样慢吞吞。同时他们又有点感到尴尬,其他孩子在挽具里走路要好得多。

  三岁时,他开始奔跑。他在有着四个楼层和两个阁楼的宽敞屋子里奔跑,沿着长长的过道,在楼梯上奔上奔下,走过彼此敞开着的房间,穿越露台到花园里,到田野上,到森林里。等到上学了,他就奔跑到学校去。并不是他赖在床上不起来,或者刷牙时磨蹭时间,或者因为其他原因晚了,他就是喜欢奔跑而不是走路。

起先，其他孩子和他一起奔跑。他的父亲是村里最有钱的人，用他的财产给许多家庭提供面包，调解争端，关心教堂和学校，并且教导男人做出正确的选择。这使其他孩子对他的儿子产生了敬仰，并且竭力效仿他，直到老师向他表示出的尊重以及他在礼貌、语言和穿着上的与众不同使他和其他人疏远开来。如果他乐意做他们的头目，他们或许乐意成为他的随从。可他对此没有兴趣，并不是出于狂妄自大，而是出于固执己见。其他人玩他们的游戏，他则玩他的游戏。他不需要其他人。他尤其不需要他们和他一起奔跑。

七岁时，父母送给他一条狗。因为他们欣赏英国，敬重腓特烈皇帝①的遗孀维多利亚②，他们选择了一条边境牧羊犬，那是英国的一种牧羊犬，它可以陪伴并保护他们奔跑的儿子。它也正是这么做的，总是跑在前面，常常回头看，他们的儿子想要去哪儿，它总是心领神会。

他们奔跑在田间小路和耕地的田埂上，木板路和林间通道上，也常常横穿林子和田野。儿子喜欢空旷的原野和稀疏的森林，可是当谷物长得很高时，他就奔进抽穗的地里，想

---

① 即腓特烈三世（Friedrich Ⅲ., 1831–1888），德意志皇帝和普鲁士国王。
② 即维多利亚·阿德莱德·玛丽·路易莎（Victoria Adelaide Mary Louisa, 1840–1901），英国维多利亚女王和阿尔伯特亲王的长女，后成为德意志皇后和普鲁士王后。

用自己裸露的胳膊和大腿感觉它们，再奔进低矮的树丛，被那些植物刮挠和拉扯，如果它们想抓住他不放，他会从中挣脱。当海狸筑了一条水坝，挡住小溪进入小水塘时，他就奔进小水塘里。没有任何东西可以阻挡他的脚步，没有任何东西。

他知道火车何时进站、离站，于是冲进车站，和火车一起奔跑，在它旁边向前猛冲，直至最后一节车厢超越他。他长得越大，跟得上火车的时间就越长。但对他来说重要的不是这个。火车把他带到一个地方，在那里他的心跳和呼吸快到不能更快。他也可以独自抵达那个地方，但发觉被火车带到那里更带劲。

他听到自己发出的喘息，感觉自己心脏的跳动。他听到自己的双脚敲击地面，均匀、自信、轻松，而每一次的敲击里都有着升起，在每一次升起里都有着飘浮。有时他仿佛觉得自己在展翅翱翔。

4

他的父母给他取名赫伯特，因为父亲曾经一心一意地当过兵，在普法战争的格拉沃洛特战役之后获得了铁十字勋章，希望儿子成为一名赫伯特，意为"一名光彩照人的战士"。他向儿子解释这个名字的意义，赫伯特为这个名字感到自豪。

他也为德国感到自豪，为年轻的帝国和年轻的皇帝，为他的父亲、他的母亲、他的妹妹以及家庭的庄园，这个可观的产业，这幢雄伟的房子感到自豪。唯有不对称的房屋正面让他忧心忡忡。大门位居右侧，楼上的每层和屋顶均匀分布着五扇对称的窗户，而大门左首有三扇窗户，右首则有一扇窗户。谁也没有对这种打破匀称的设计做出过解释。房子已有两百多年历史，但归这个家庭所有不过一代时间。

祖父从一个穷困潦倒的贵族那里买到这座庄园时，曾希望自己有朝一日被封为贵族，如果不是祖父如此期待，那么就是父亲——格拉沃洛特战役的英雄。父亲也寄希望于获得贵族头衔和铁十字勋章，这样一来就可获得骑士封地了。可是施罗德家没有任何变化，赫伯特后来用连字符将庄园的名称挂在了自己的姓氏之前，因为他不希望只是许多施罗德之中的一个。

尽管梦想很高远，祖父和父亲依然冷静而能干。他们使庄园恢复了原貌，建了一爿制糖厂和一爿啤酒厂，有了足够的金钱进行股票的投机买卖。这个家庭不缺少任何东西，也可以满足赫伯特和维多利亚兄妹俩的任何一个愿望，只要赫伯特足够理智，不是想着从学校和教堂回来后度假，而是希望到柏林旅行；不是想着去看什么小说，而是希望阅读祖国的历史书籍；不是想着那种带有蒸汽驱动机车的英国铁路模型，而是希望有一艘小船和一把机枪。和村里的孩子一起上了四年国民学校之后，兄妹俩开始在家学习。他们有一个男教师教授数学与自然课，一个女教师教授文化与语言课。赫伯特学习小提琴，维多利亚学习钢琴和声乐。此外，赫伯特在庄园里帮忙，这样他就知道以后能期望从管家和男仆女仆那里得到什么。

当赫伯特可以上坚信礼课时，维多利亚也跟着一起上了，尽管她小了一岁，而且赫伯特上这门课还早了点。父母想让兄妹俩像上国民学校那样和乡村孩子一起上坚信礼课，但不希望维多利亚遭遇这些孩子们的鲁莽行为而得不到哥哥的保护。

并不是说维多利亚害怕那些孩子。兄妹俩为他们担忧，因为他们无法忍受生命中的痛苦，而在苦难面前却傲慢自大、无知无畏。可这并不妨碍维多利亚学习一个弱女子的优雅腔调，也不妨碍赫伯特训练一名男子汉的骑士风度。两个人都对各自的角色很感兴趣。赫伯特有时试图粗鲁地对其他孩子挑起事端，以此保护维多利亚。可他们不理睬他的挑衅行为。他们不想和这两个人打交道。

除了奥尔加。奥尔加对他们的世界充满好奇和欣赏，而赫伯特和维多利亚认为这种好奇和欣赏令人着迷。他们如此迅速地和她成为朋友，恰恰说明他们是多么孤独寂寞，尽管他们并没有意识到这一点。

5

有一张三个人在花园里的照片。维多利亚坐在一架秋千上，穿着一件蓬松的连衣裙，戴着一顶有帽檐和花朵的小帽，撑着一把阳伞，跷着二郎腿，脑袋歪向一侧。在她的左首，赫伯特穿着短裤和白衬衫倚靠在秋千上，在她的右首则是奥尔加，她穿着一条有白领子的黑连衣裙。那两个人彼此对视着，仿佛他们相约一起推动秋千似的。

三个人看起来都严肃而激昂。他们是在再现哪本书中的一个场景吗？赫伯特和奥尔加是在向维多利亚表示敬意吗？因为她是他们中最小的一个？因为她懂得让哥哥和年长的女友起到主导作用吗？他们一如既往地愿意——他们愿意满怀严肃的激昂。

这三个孩子看起来像十八岁，尽管照片的背面有文字说明，这张照片是在坚信礼前一天拍摄的。两个女孩都是金发，维多利亚披散的鬈发在小帽下面露出来，奥尔加并不卷曲的头发在后脑勺盘成一个发髻。维多利亚噘着嘴绷着脸，这一点泄露了她可能因为和这个世界无法和解而怏怏不乐。奥尔加紧固的下巴上方长着结实的颧骨，有宽大高耸的额头，一张有力的面孔，人们的目光在这张脸上停留越久，心头就越感到愉悦。她们俩摆出一副煞有其事的准备结婚生子、建立家庭的模样。她们是年轻的女人。赫伯特希望自己是一名年轻男子，可现在还是个男孩，矮小、结实、有力，即便挺起胸膛、伸长脖子，却还是超不过那两个女孩，也永远超不过她们。

在后来的照片中，赫伯特也喜欢摆姿弄态，他模仿年轻的皇帝。维多利亚马上变得丰腴起来，美食使她和这个世界和解了，脂肪组织清除了那些大伤脑筋的东西，也赋予她一份天真而感性的魅力。奥尔加没有其他照片保存下来；只有赫伯特和维多利亚的父母支付得起照片的费用，奥尔加要不是刚好在的话，恐怕也不会留下那一张照片了。

坚信礼之后那年，维多利亚开始央求父母送她到柯尼斯堡[①]的女子寄宿学校。在一个邻近的庄园举办的一次晚会上，女儿向父母谈起寄宿学校的生活，仿佛这是一种奢侈和优雅

[①] 今为俄罗斯加里宁格勒，历史上曾为德国的文化中心之一。

的生活,仿佛这种生活可以使一个洁身自好的女孩免于在农民之中长大。父母起先不愿意,可维多利亚却一意孤行。在排除种种困难达到目的之后,她还是固执己见地坚持说,寄宿学校简陋的生活完全就是雅致的日子。

奥尔加想上波森①的国立女子师范学院。但她必须在一次入学考试中证明自己具有女子高级中学高年级的知识。她真想每天早晨走上七公里路到县城的女子高级中学去,每天晚上再走上七公里回来。可她既没有钱上学,也没有一个支持者为她申请减免学费。村里的老师和牧师认为女孩子上高中是多余的。于是她决定独自学习高年级的知识。

当她到女子高级中学设法打听高年级结束前都学些什么课程时,她被高大的建筑、宽阔的楼梯、长长的走廊、众多的房门、女孩们在下课铃声和上课铃声之间的课间休息在走廊上叽叽喳喳谈笑闲聊、嬉闹玩耍的轻松愉快,以及女教师们抬头挺胸地从教室里走进走出时的自信吓坏了,一直待在楼梯角落里,无法找到出去的路,直到一位女教师上完课发现了她。她听了快要流泪的奥尔加提出的请求,抓住她的胳膊带她走出学校,送她平安回家。

---

① 一战前波森曾是普鲁士王国和德意志帝国波森省的首府,战后割让给波兰,改名为波兹南。

"宗教，德语，历史，算术，地理与自然，书法，图画，声乐，手工——你行吗？"

奥尔加在坚信礼课上学过教义的问答手册，读过席勒的剧本、弗赖塔格①的小说和塞格特②的《普鲁士人祖国史》，能背诵歌德、默里克③、海涅以及冯塔纳④的诗歌，以及埃克⑤的《德国诗歌宝典》里的许多歌曲。女老师让奥尔加背诵一首诗，演唱一首歌，以及做心算。她检查了奥尔加钩织的那只小手提包，不再对奥尔加的手工、画画和书法能力有任何怀疑。地理与自然课是软肋。奥尔加认识很多的树木、花朵和蘑菇，但还从未听说过动植物的谱系，卡尔·冯·林奈⑥以及亚历山大·冯·洪堡⑦。

---

①古斯塔夫·弗赖塔格（Gustav Freytag, 1816–1895），德国小说家、剧作家、戏剧理论家。
②卡尔·威廉·塞格特（Karl Wilhelm Saegert, 1809–1879），德国历史学家。
③爱德华·默里克（Eduard Mörike, 1804–1875），德国抒情诗人、小说家和翻译家。其中篇小说《莫扎特在去布拉格的路上》被誉为19世纪最著名的艺术家小说。
④特奥多尔·冯塔纳（Theodor Fontane, 1819–1898），德国批判现实主义的先驱，代表作有《迷茫与混乱》《施蒂娜》《艾菲·布里斯特》等。
⑤路德维希·埃克（Ludwig Erk, 1807–1883），德国民歌研究学者、民歌收藏家、音乐教师、作曲家。
⑥卡尔·冯·林奈（Carl von Linné, 1707–1778），瑞典动物学家、植物学家、冒险家，是近代生物学，特别是植物分类学的奠基人。
⑦亚历山大·冯·洪堡（Alexander von Humboldt, 1769–1859），德国地理学家、博物学家，近代气候学、植物地理学、地球物理学的创始人之一。

女老师对奥尔加很感兴趣，给了她一本普通地理学教科书和一本家政与自然课的教科书，说如果她需要什么建议，尽管再过来就是。"还有，你要给我好好读《圣经》和《浮士德》！"

赫伯特知道自己十八岁将会加入近卫步兵团。在那之前他得完成高中学业。一位男家庭教师和一位女家庭教师都乐意为他做好准备，可是他的兴趣放在了射击、打猎、骑马、划船和奔跑上。他知道将来有一天自己得接管制糖厂和啤酒厂的产业，父亲将帮助他熟悉企业和各项业务，可他并没有将自己视为地主和工厂主。他看到的是广阔的原野和广阔的天空。当他奔跑的时候，他不是因为累得疲惫不堪而掉头，而是因为天黑了，不该让母亲为他担惊受怕。他梦想着和太阳一起奔跑，穿越没有尽头的日子。

6

维多利亚离开之后，奥尔加和赫伯特彼此需要一段时间，才重新找到了亲近感。看望他一个人不同于看望他和维多利亚两个人。奥尔加发觉赫伯特父母猜疑的目光，于是不再去看他了。赫伯特讨厌村里的人遇见他和奥尔加、盯着他俩看时那种会心的微笑,他们三个人原本无拘无束地在一起散步和划船,现在两个人的时候就得回避了。

与老师和牧师的想法一样,祖母也认为奥尔加没必要读大学,但在家里也不让她闲着,即便她不需要奥尔加的照顾。可奥尔加想为入学考试作准备,夏天的时候只好带上自己的书本逃到林边一个荒无人烟的地方。赫伯特会到那里去看望她。他带上他的狗儿,有时也带上猎枪,还指给奥尔加看那座高台,下雨时她可以在那里看书。他常常给她带上一个小礼物,比如一只水果,一块蛋糕,一瓶果汁。

他来的时候大多奔跑着过来,气喘吁吁地躺在她旁边的草地上,等着她放下课本。然后他提出的第一个问题就是:"你今天早上还有不懂的东西吗?"

她喜欢回答。这样她就会发现曾经记住却又已经忘记,必须再次阅读的内容。他对地理课、自然课感兴趣,也想知道人们靠国家提供哪些东西维持生活。

"地衣可以吃吗?"

"冰岛苔藓可以吃。这是一种治疗感冒和腹痛的药物,也可当作食品。"

"如何确定蘑菇是否有毒呢?"

"你必须熟悉很多蘑菇,要么是三百种可以吃的,要么是三百种不能吃的。"

"北极地区生长着什么植物？"

"高原地带生长着……"

"我不是说高原地带，我是说……"

"冰原荒漠吗？冰原荒漠里什么都不生长。"

他应她的要求带来了教科书，她发现自己不必在他面前感到害羞。他只是在语言方面比她强；他的女老师和他说英语和法语，而没有人和她说这些语言。

入学考试不需要考这些语言，可将来有一天她想去巴黎和伦敦旅行，她在《迈耶百科词典》[①]里了解过那些城市，她要比赫伯特更熟悉它们。

7

正如赫伯特想从奥尔加那里打听她在学些什么一样，他也愿意告诉她自己的所思所想。一天，他向她坦白说，自己是一名无神论者。

他又奔跑起来，在她面前站住，俯身向前，双手支撑在

[①] 德国学者、出版商约瑟夫·迈耶出版的一部百科全书，在19世纪和20世纪出过多种版本。

膝盖上，气喘吁吁地说："上帝是不存在的。"

奥尔加盘腿端坐着，膝间有本书。"我马上读完。"

他等着自己的呼吸平静下来，躺在她旁边的草坪上，双手交叉在脑后，她在他的右侧，狗在他的左侧，他的眼睛时而看着她，时而看着那条狗，或者望向夏日深蓝色的天空和天空中悠悠飘过的白色云朵。此刻，他又说了一遍，平静而坚决，仿佛是他发现了这个奥秘，或者更确切地说，是他做出了这个决定。"上帝是不存在的。"

奥尔加从她的书中抬起头来，注视着赫伯特。"但是？"

"但是？"

"那存在什么？"

"什么也没有。"赫伯特觉得她的问题很可笑，哈哈大笑着摇摇头，"这个世界是存在的，但没有天堂，没有上帝。"

奥尔加将书本放到一边，伸开四肢躺在赫伯特旁边的草坪上，仰望着天空。她喜欢天空，那里是蓝色或者灰色的，即便在下雨或飘雪时也是，那时你只能眯起眼睛看到落下的雨滴或者纷纷扬扬飘下的雪花。上帝呢？为何他不住在天堂里？然后时不时地来到尘世，来到教堂，或者也来到大自然呢？

"如果他突然之间站在你面前，你会做什么？"

"就像利文斯通①站在史丹利②面前吗?那我一定轻轻地鞠一下躬,伸出手来说,'上帝,我猜您是?'"

赫伯特为他的玩笑而兴奋,双手拍打着地面,哈哈大笑。奥尔加想象着这个场景,赫伯特穿着紧身皮裤和格子衬衫,上帝穿着白色西装,戴着软木遮阳帽,两个人都有点困惑不解,两个人都非常彬彬有礼。她也跟着哈哈大笑。可她觉得人们不该开上帝的玩笑,也不该取笑别人对上帝所开的玩笑。但首先她不想被打搅,想要学习。如果上帝想帮助她的话,她就需要上帝,如果他不想帮助她,那就不需要。

可赫伯特不放过她。他发现了最后几个问题。几天后,他又问她:"有没有无限?"

他们重新并排躺着,她的脸在双手握着的书本的阴影里,他的脸在太阳的光线之下,他闭着眼,嘴唇之间含着草茎。

"平行的事物相交于无限之中。"

"他们在学校里教授的东西都是胡说八道。如果你不断地行走在铁轨之间——你以为总有一天会走到它们相交的地方吗?"

---

① 戴维·利文斯通(David Livingstone,1813–1873),英国探险家、传教士,维多利亚瀑布和马拉维湖的发现者。
② 亨利·莫顿·史丹利爵士(Sir Henry Morton Stanley,1841–1904),英国探险家、新闻记者,以其在非洲的冒险及搜索戴维·利文斯通的事迹而闻名于世。

"我只能有限地在铁轨之间走下去,不是无限地。要是我可以像你那样奔跑的话……"

赫伯特叹息了一声。"你别取笑我。我想知道在有限的人生中,无限是否具有意义。或者,上帝和无限是同样的东西吗?"

奥尔加将翻开的书搁到肚子上,却并没有拿开。她真想重新高高举起书来,继续看下去。她必须学习。她才不关心无限呢。可是,当她将头转向赫伯特,却看到他满怀忧虑又满怀期待地看着她,于是问道:"你想拿无限干什么?"

"我拿它干什么?"赫伯特坐起来,"无限的东西也是无法企及的,对不对?可是也有一些东西是无法企及的,不仅是在当今的时代,以当今的方式,而且是绝对无法企及的,对吗?"

"如果你能企及无限,你想拿它干什么?"

赫伯特沉默着,目光望向远方。奥尔加也坐了起来。他看到了什么?萝卜地。绿色的植物和棕色的犁沟长长地排列着,起先排列得笔直,然后因为洼地而呈弧形向地平线伸展,最后和绿色表面交融在一起。一棵棵白杨树。一丛山毛榉,像是一座黑色岛屿飘浮在萝卜地的浅色海洋里。天空晴朗,没有一丝云彩,太阳照在奥尔加和赫伯特的后背上,一切为他们闪耀，绿色的植物和树木，以及棕色的土地。他看到了什么？

他把脸转向她，尴尬地微笑，因为他不知道怎么办，尽管他相信他的问题必须有一个回答，他的渴望必须有一种满足。她真想拥抱他，抚摸他的头，可她不敢。他渴望触摸她，犹如一个孩子渴望这个世界。可因为他不再是孩子，她从他的渴望、他的问题、他的奔跑中感觉到一种绝望，他只是对这种绝望还一无所知。

又过了几天，他想从她那里知道是否有永恒。"无限和永恒是同一个东西吗？无限和时空有关，而永恒只和时间有关。但两者以同样的方式超越我们拥有的东西。"

"多少年以后我们还会想起某些人来。我不知道是否有永恒，但阿喀琉斯和赫克托尔[①]死了两三千年了，我们还一直记得他们的名字。你想成为名人吗？"

"我想……"他靠在右胳膊上，身子转向她，"我不知道我想要什么。我想要更多，比这里的更多，更多的田野、财产、乡村，我想拥有的不只是柯尼斯堡和柏林，也不只是近卫军，并非因为它是近卫步兵团，即便是近卫骑兵团也没有什么不

---

①阿喀琉斯和赫克托尔是希腊神话特洛伊之战中两个伟大的英雄。

同。我希望能够留下一些东西，在我们之间流传——我看到过报道，说工程师们想要建造可以飞行的机器，我想……"他越过她的头望向天空，然后哈哈大笑。"如果有朝一日我们有了这种机器，坐在上面，和它一起飞翔，它就变得和其他东西一样普通了。"

"我真想拥有一些东西。一架钢琴，一支索恩耐克公司出品的自来水笔，一套崭新的夏装，一套崭新的冬装，一双夏鞋和一双冬鞋。一个房间算是东西吗？如果这不算东西——钱是东西，我很想有钱买一个房间。或许你是……"

"要求太高了吗？"赫伯特继续转向奥尔加，右臂支撑在地上，左手挠着头发，看着她。

"很抱歉。你不是要求太高了。你不知道我是怎样的一个人。可我也不知道你是怎样的一个人。我想你过的日子比我更无忧无虑。只要我拥有你的生活或者维多利亚的生活，可以直接上女子中学，然后上女子师范学院，我过的日子就更无忧无虑了。可是，如果我是维多利亚的话，或许只要进女子寄宿学校就行了。"奥尔加摇摇头。

赫伯特等待着，可她不再说下去了。"我走了。"他站起来，那条狗也站起来，抬头望着他，它本来依偎着奥尔加，奥尔加轻抚着它。赫伯特说走就走，奥尔加对此已经习惯了。那条狗对她那么亲近,转眼之间又对她那么陌生,每一次她都觉得非常痛苦。

赫伯特走了,狗儿蹦跳到他身边,想要和他一起奔跑。赫伯特像玩耍一样拒绝了它,可脚步马上迅疾起来。然后他站住,转身望着奥尔加。"我没有钱。但只要我需要什么东西,就可以拿到钱,我需要多少,就可以拿到多少。我一有钱就给你买一支自来水笔。"

他奔跑起来,奥尔加目送他远去。他们沿着林边,穿过萝卜地,然后到了通往地平线的大路上,他和那条狗在地平线上变得越来越小,越来越小,最后消失在地平线后面。她目送他远去,含情脉脉地。

8

奥尔加和赫伯特互相萌生了爱意——若不是维多利亚从他们惯常的共处中脱身,或许就不会发生这样的事了。寄宿学校整个夏天都关闭了,当维多利亚在七月回到家,奥尔加和赫伯特愉快地期待着和老朋友重新相聚几个星期时,他们却感到了失望。维多利亚有了别的安排。她被邀请参加邻近的贵族庄园的舞会和庆典,期待赫伯特能陪她一起去,这样更有排场。她并没有忘记奥尔加,邀请她散了步,又喝了杯茶。可后来她向她哥哥承认,她无法和这种普通女孩打交道。"女教师吗?你记得那个波尔小姐吗,在那位男教师生病的时候,教过我们的那个老处女?奥尔加就想做这样的人吗?至少对时尚,她和波尔小姐一样没有多少鉴赏能力。我想帮帮她,给她演示了一下,她应该把袖子撩起来,裙子要穿得更紧身一些,可她却看着我,仿佛我在说波兰语。如果可以的话,她甚至就要说波兰语了。她的脸长得难道不像斯拉夫人?奥尔加·林克难道不是斯拉夫人的名字吗?为什么她要在我面前显得如此自豪呢?还和我平起平坐?如果能从我这里学到如何有礼貌,如何穿衣,她应该感到高兴才是。"

这一点伤了赫伯特的心。难道是奥尔加不够好吗?难道是她的脸蛋不够漂亮吗?下次见面时他要好好观察一番。他端详她那高耸而宽大的额头,她那结实的颧骨,她那绿色的眼睛发出的一点点古怪而奇异的光芒。她的鼻子和她的下巴能不能小一些,或者她的嘴巴能不能大一些?可是,当她哈哈大笑或者嫣然一笑或者开口说话时,她的嘴巴又是那么生机勃勃,那么毅然决然,以至于他恰恰就想要她嘴巴上面的鼻子和下面的下巴。他甚至也想要这样的嘴巴,当她看书时无声无息地嚅动嘴唇的时候,恰恰像现在这样。

赫伯特的目光跟踪着奥尔加的脖颈，在衬衣胸部的隆起以及对裙下大腿和小腿肚的想象中顿住了，然后停留在她裸露的脚腕和双脚上。奥尔加看书时就把鞋子和袜子脱下了。但是，赫伯特尽管经常看到她的脚腕和双脚，可还从未观察过它们，踝骨旁边的小坑，脚后跟的拱形，细嫩的脚趾，绿色的血管。他多想触摸到她的脚腕和双脚呀！

"你在看我哪里？"

奥尔加看着赫伯特，赫伯特顿时脸红耳赤起来。"我没有看你。"

他们彼此对坐着，两个人盘腿端坐，她拿着一本书，他双手拿着一把剑和一根木头。他低下头。"我原以为不熟悉你的脸。"他摇摇头，用剑击打着木头，掉下一些木屑。"现在……"他抬起头，注视她，他的脸始终红彤彤的，"现在我希望一直看着你，你的脸蛋，你的脖子，你的颈项，你的……恰恰是你。我还从未见过如此美丽动人的东西。"

她的脸上也红彤彤的。他们彼此对视，只用眼睛和心灵。他们不愿意移开目光，不想重新成为熟悉的奥尔加和熟悉的赫伯特。直到奥尔加嫣然一笑，说道："我们在干什么呀？如果你看着我，我就没法看书了，而如果我看着你的话也一样。"

"我们结婚吧，你不用读书了。"

奥尔加向前弯下身子，搂住他的脖子。"你永远不会和我结婚，现在不会，因为你还不到结婚的年纪，以后也不会，因为你的父母将为你找到一个更好的结婚对象。离你加入近卫军和我上师范学院还有一年时间。一年时间！我们只是得约定好，"她重新微微一笑，"我们何时对视，我何时学习。"

9

直至秋季，奥尔加和赫伯特还可以在林边或者高台上单独相聚。她在这里看书学习，他来这里找她。可到了十月，天就冷下来了，十一月，初雪降临。管风琴师给了奥尔加一把教堂的钥匙，好让她练习管风琴，每到周日偶尔也可以替他弹奏管风琴。这样的话，她就在寒冷的教堂里用功读书，因为教堂只在做礼拜时才有暖气。这里要比外面暖和多了，奥尔加甚至觉得比祖母家里都要暖和，因为虽然有暖和的炉子，但祖母粗暴的冷漠让她寒意顿生。至于即将来临的离别会使祖母痛苦，让她变得比平时更粗暴和冷漠，奥尔加还不知道，甚至连祖母自己也不知道。

那座教堂是一幢古典主义的半圆拱形建筑，建于一八三〇年，那里有一个包厢，因为贵族庄园主曾赞助过教堂而转入赫伯特家族之手。赫伯特讨厌这个包厢，每个星期天他都要在包厢里忍受教徒们的目光。正因为如此，他不会马上想到那个包厢有一只建在地下的炉子，他们可以在楼梯那里取暖。在凛洌的日子里，奥尔加和赫伯特还是在那里看到了他们呼出的气息。不过地板上相当暖和，包厢的天花板和栏杆可以稍稍抵挡住教堂中殿的寒冷，椅子上装上了软垫，奥尔加一边学习一边还为赫伯特和自己编织了一件又长又厚的套衫。赫伯特梦想着在一座高台上忍受冬日，希望猎获一头父亲看到却又错过的强壮的鹿。

他不爱学习，尽管奥尔加喜欢他陪她一起学习。他一看书，马上就烦躁起来，试图发现可以更快地达到目的，或者更快地触及本质的途径。他的老师提及尼采、上帝之死、超人以及超人回归，赫伯特也希望从尼采那里找到他那些问题的答案。难道对赫伯特而言，上帝不是也已经死了吗？难道他也不希望超越自己吗？难道他也不了解乡下宁静的生活吗？可他很快觉得读尼采也很费劲，他只是满足于偶尔听到这样或那样的说法，把它们顺便插入自己的谈话中而已。他认为有两个社会阶层，没有这两个社会阶层就没有艺术，一个是高尚的社会阶层，另一个是卑劣的社会阶层。他经常提及纯种的强大和美丽，提及孤独的益处，提及上等的人、高贵的人以及超人，超人同样也可以发展成伟人、高深莫测之人以及可怕之人。他决定成为一个超人，生命不息，冲锋不止，要使德国变得伟大，要和德国一起变得伟大，即便这要求他残酷无情地对待自己和他人。奥尔加觉得那些大话空洞无物。可是赫伯特面颊发红，眼睛发光，她别无选择，除了爱恋地注视着他。

整整一年，他们没有睡在一起过。谁也没有为地主的儿子和一名乡下姑娘谈情说爱而恼怒，村民们对他们的恋爱视而不见。不过，对奥尔加而言，赫伯特不是地主的儿子，对他而言，奥尔加也不是来自乡下的姑娘。他们彼此也不像是地主的儿子和地主的女儿，或者也不像中产阶级家庭的两个孩子。他们发觉自己横亘在阶级之间，并没有受习俗约束。他们春夏季节单独待在林边，冬天则在教堂的包厢里，他们完全可以睡在一起，却决定不这么做。他们要给自己留出一定的时间。

他们彼此温存，彼此发现，他们抱团取暖，他们难舍难分。直至奥尔加从拥抱中挣脱开，因为她想要学习。当赫伯特无法克制住自己，当他泄精时，他变得轻松、疲乏而恼怒，感觉下体在湿漉漉的裤子里耷拉下来，于是他一跃而起，奔跑起来，或者在下雪天带着滑雪板冲出去滑雪。

10

新年前一天，施罗德的庄园举办了本地区最大规模的庆典活动。甚至连有着古老贵族称号的邻居们都来了，父亲施罗德戴着铁十字勋章，又一次寄希望于踏进贵族阶层。值得庆祝的不仅是新一年的肇始，而且也是旧一年的成就——民法典，德国和美洲之间开通电报业务，这条德国发送信息的蓝丝带，使德国的旗帜在新的殖民地萨摩亚高高飘扬，没有一个外国人胆敢瞧不起德国人。德国终于在世界上占得了应有的一席之地。

午夜时分，一场引起轰动的烟火晚会上演了，一位来自柯尼斯堡的烟火制造者在黑色的夜空下点燃了白色和红色的爆竹，烟花和喷泉齐发，也有一些蓝色的爆竹，因为人们也想向英国和法国表示敬意。巴黎的世博会不是表明新的世纪将给予所有欧洲强国一个伟大的未来吗？父亲施罗德在化学股票和电气股票上进行了卓有成效的投机买卖，可以支付得起过度铺张的烟火。

赫伯特希望邀请奥尔加参加，可是维多利亚想让父母知道,那么多有着老贵族头衔的年轻人莅临盛会,奥尔加若来参加,将不利于他们家的声望。赫伯特对此解释说,他也不想参加庆典活动,即便面对维多利亚的眼泪、母亲的哀求和父亲强硬的命令也毫不动摇,直到奥尔加说服他,不到万不得已切勿激怒自己的父母。若是他们禁止他见她,那该怎么办?

但是,在施放烟火时,整个村里的人都到施罗德庄园去了,他们没有待在庄园前的坡道上和广场上,而是来到了房舍周围的大露台上,客人们就站在那里远望花园,喷泉在那里涌流,焰火和爆竹从那里升入高空。他们起先和宾客保持距离。然后,在对美轮美奂的烟火的兴奋之中,他们不断地拥向前去,直至站在宾客旁边、置身于他们之中。宾客们佯装没注意到这些人,赫伯特的父母佯装没看到赫伯特和奥尔加站在一起,举起双手,彼此窃窃私语。"新年快乐!"

那将是一个快乐的新年。奥尔加通过了波森国立女子师范学院的入学考试。因为考试成绩优异,她获得了一个免费的师范女生宿舍名额。赫伯特为奥尔加感到自豪,为学习和知识为她赢得的意义而嫉妒,一想到她可以独立,不依赖于家庭,不依赖于他人的评价,不依赖于他时,他就感到不满意。她可能说得对,他们是不能结婚的,可是他不愿意承认这一点，只想到她不需要他了。在勉勉强强通过高中毕业考试之后加入近卫军团，才让他忘记了嫉妒和不快，正如为奥尔加感到自豪一样，他也为自己感到自豪。

他给她寄了一张着色照片：他穿着蓝上衣和白裤子，红色的领子，红色的翻边，紫红色的帽子和黑色的小帽檐，这帽子像是男大学生提着的小桶。他还给她寄了一张他穿着灰衣服、戴着一只金色尖顶头盔的照片。她觉得他长得马马虎虎：个子足够高，不是小矮个儿，结实有力，棱角分明的脸上洋溢着快乐的坚定。她喜欢他的眼睛，蓝而清澈，仿佛他没有任何疑问，可有时他也会带着无望又渴望的目光，这种目光使她满怀柔情。

随照片一起寄来的还有一支自来水笔。这是一支黑色的笔，笔杆上写着"索恩耐克公司"字样，笔尖拧开了，笔杆上装了一根吸管。它会写出怎样的字呀？向上的笔画很细，向下的笔画很粗，即便奥尔加在有些段落做过校正或者涂画，但整体效果看起来不错，不久她不再把写给赫伯特的信誊写清楚，而是写完直接寄出去了。正如当初承诺的那样，他用他的第一笔军饷给她买下了这支自来水笔。

她也给他寄去了一张照片。她下身穿着一条黑色宽裙，上身是一件红色绲边的白色短袖束腰大衣，脖子和手臂裸露着。这是奥尔加自己缝制的改良服装。她头上梳有一个松松的发髻,也没有化妆,只是扑了点儿粉,因为只要一激动,她的脸上就会起红斑。她看起来很自信,或许她自信是因为她不同于其他年轻女子,脑海里不仅只想着流行式样和各种各样的男子。

11

读了两年师范之后,奥尔加成了一名教师,秋季得到了第一份工作,就在她原来就读的母校——这无论对学校还是奥尔加都不是很合适,可是村里突然爆发了天花,她原来的老师去世了。不管怎么说,她不用住在祖母家了,搬到了学校的教师宿舍。

她想念赫伯特。学校,教堂,房子,道路,森林——所有的一切都和回忆息息相关。有些回忆可以归入伤感的事——祖母的体罚,作为乡村孩子而受到的屈辱,对牧师和老师到女子中学为她说情而做的徒劳无益的忏悔。和赫伯特以及维多利亚快乐相处的回忆,后来维多利亚对奥尔加的回避伤害了她们的感情,这份回忆就变味了。赫伯特和奥尔加在林边、在打猎的高台以及在教堂的包厢里度过的那些时光,停驻在美丽的回忆中——它们恰恰使奥尔加痛苦地思念起赫伯特来。自从她进了女子师范学院，他进了近卫军团，两人分别后很少见面。有几次他回家路过波森，在女子师范学院等候过她；有几次是她在女子师范学院结识的一个女同学的父亲邀请她们俩一起到柏林旅行，然后她就来到了赫伯特的营房里。两个人永远都不知道自己何时会抵达对方附近，遇见是喜出望外的，搂抱是仓促匆忙的，爱情的承诺是提心吊胆的。

十月，赫伯特回家待了三周。他自愿报名参加德属西南非洲[①]的驻防军，度假结束后前往那里。奥尔加在上课，想从一开始就做充足的准备，把所有的时间补回来，给所有的男生和女生无微不至的帮助，那是她之前没有得到过的。她很想找到一个女学生，带她上那所女子高级中学，给她必要的勇气，给她争取一个免费上学的名额。可在这三周里，所有的一切都不作数。作数的是赫伯特和奥尔加能在何时、在哪儿以及如何安全地相见，能见多久。在刚开始的两周里，他们相聚在外面和煦的秋阳下，最后一周在奥尔加的居所。他们要注意当他悄悄溜到她家里、她为他打开房门时如何

[①] 今属纳米比亚，1884年至1915年间为德国殖民地。

不被人发现。同时，他们太快乐了，真的不在乎是否成为村里人饭后茶余的谈资。

他们谈了三年恋爱，互相等候，而现在男欢女爱才得以最终实现。那些马上能得到满足的人不懂得这样的满足是怎样的滋味，就像懂得避孕的人们无法想象怀孕的恐惧。在漫长的分离之后彼此重新拥有，不再有任何克制，不再有任何压抑，赫伯特和奥尔加是那么快乐，不会有任何一刻想到恐惧的事。奥尔加经历的那几周时间犹如在跳舞一样，他们旋转起舞，然后重新安静地渐次停下。

她不赞同赫伯特报名参加驻防军。她认可战士们为祖国战斗，也接受他们或许还有为祖国捐躯的可能。可祖国并不在非洲。他在那儿会失去什么？赫雷罗人会对他做什么？

然而，当那艘船在汉堡离港出海时，奥尔加站在彼得森码头上，利用最后的机会向他打招呼，并挥手问候，向皇帝连呼三声乌拉，高唱《万岁胜利者的桂冠》[①]，听到大大小小的船只汽笛长鸣，发出尖叫向众人致意作别，将所有的声响淹没了好几分钟。然后，那种嘈杂声停息了，一切静默如初，当港口和城市的声响重新回归时，那艘船已从奥

[①] 1795年至1871年间为普鲁士国歌，1871年至1918年间为德意志帝国非正式国歌，其旋律来自英国国歌《天佑女王》。

尔加的视线里消失，她的手举起了那条原本想要挥动的皱巴巴的围巾。

12

赫伯特待在德属西南非洲的几年里，奥尔加在维多利亚的催促下调换了一份工作。维多利亚觉得奥尔加配不上赫伯特，想让他们分手，坚持不懈地在她的父母、朋友的父母和牧师那里施行阴谋诡计。当奥尔加注意到这一点，想要和维多利亚理论时，维多利亚却矢口否认。奥尔加通过女友的父亲——省政府主管的关系，被调到东普鲁士，终于来到了"世界的尽头"。

村庄位于提尔西特北部。通往村庄的那一条路是土路，阳光灿烂时尘土飞扬，阴雨绵绵时湿滑泥泞。那条路在中央地带扩展成一个广场，那座教堂就坐落在那里。路旁的房子都是两层楼，脏兮兮的模样，校舍也同样破旧不堪，教师宿舍和花园则在校舍后面。

奥尔加独自承担所有年级的教学任务。学校有两个教室，一间供小孩子使用，另外一间供大孩子使用。孩子们都很乖，奥尔加在一个教室里上课，无须担心另外一间教室里的纪律。

绝大多数孩子都对学习缺乏热情,当奥尔加教授他们读写和算术,和他们一起高唱《森林在沉睡》[1],向他们解释太阳和月亮的运转,星空与四季的交替,劳动的快乐以及要敬畏死神时,她很心满意足。因为有关"老弗里茨"[2]的轶事也被列入了教学计划,也因为"老弗里茨"发现森林在沉睡是胡说八道,但是又说谁爱唱《森林在沉睡》,那就随便他唱好了,所以奥尔加可以用这一首歌向孩子们解释何谓宽宏大量。她想资助一个男孩上高级文理中学,也想送一个女孩上提尔西特的女子高级中学,她成功说服了他们的父母,找到牧师作为支持者,争取到了免费名额。

一切是如此简陋而清贫——奥尔加很高兴离开了以前的村庄和以前的学校,离开了施行阴谋诡计的维多利亚。她负责照料花园,星期三和那个由她组成的教堂唱诗班一起训练,星期天在教堂演奏管风琴,投身于女教师协会,有时到提尔西特听一次音乐会,或者看一次演出。她和邻村的一户人家成了朋友,他们有很多孩子,她特别关心最小的孩子艾克。

她紧张地密切关注着《提尔西特报》上德国驻防军抗击

---

[1]根据德国诗人、牧师保罗·格哈德的同名诗歌谱曲。
[2]即腓特烈二世,自1740年起担任普鲁士国王,系军事家、政治家、作家及作曲家。

赫雷罗人的战争，以及帝国议会对此展开的辩论。保守派政党们相信，只要体面地按照基督教的方式对待原住民，那么德国的殖民地是有未来的。社会民主党人拒绝设立殖民地，说他们是不道德的，是无利可图的，也会使所派驻人员的人品变坏。与此相对应，社会民主党人对抗击赫雷罗人的战争也有不同的看法：被新闻媒体报道的暴行不应被视为个别的错误行为，或者被视为殖民政策带来的必然标志。奥尔加和社会民主党人持有一样的观点，可她不愿想象在战争中必须残酷无情的赫伯特，希望这可怕的事情早点结束。

她给赫伯特写了很多长信，也期望收到他的信件。当她觉得爱情很痛苦的时候——因为赫伯特和她每年只能共度多少小时或多少天——她就想到那许许多多分手是惯例，而团聚是例外的人，比如士兵和水手，科学考察工作者和驻外商务代表，在德国工作的波兰人，以及在英国工作的德国人。那些妻子能看到丈夫的时间，也没有比她能看到赫伯特的更多。她自言自语道，人们在爱情中不能彼此支配，彼此对于对方是一种礼物，在通信来往时给彼此的信件也是一种礼物。赫伯特的来信一向比她希望的更像新闻报道，更为自吹自擂，可它们却是让她快乐的一份礼物。他同样也是一份礼物。

13

　　赫伯特写信提及前往德属西南非洲的远航，提及初遇黑人的经历，在蒙罗维亚港，当他把钱扔给他们后，这些有趣的小伙子就消失不见了；他提及士兵们在赤道地带用水桶打水仗，提及抵达斯瓦科普蒙德，看到沙子，满眼都是沙子，直至远方。在经历了船只颠簸的折腾和波涛冲击的旅程之后，他终于重新回到了岸上，陆地在习惯于海浪的脚下久久不想静止下来。

　　打从第一天起，赫伯特就喜欢上了那个荒漠。沙丘位于南部，高高耸立着，陡峭地向下倾斜至大海，庄严雄伟，同时和柔和的拱形一起构成一幅性感的画面。向东伸展的是一片广阔的平地，都是沙子和石子，沙粒时而带点红色，时而带点灰色，在这中间还有黑色的苔藓和稀疏的浅色草地，有时是灌木状的小山峰，看起来仿佛巨大的阴阜。赫伯特喜欢这个既单调无聊又丰富多彩的统一体，这种由石子、沙子和植物组成的小变奏曲，那些蜿蜒的山谷以及突然出现的、造型奇特的小群山旁边的洼地。荒漠永远辽阔而空旷。赫伯特没有预料到还有这样一个由滚烫的沙子、灼热的太阳以及闪光的空气组成的世界。这种美景好似没有尽头，他们日复一日地骑马出行。

当连队来到一座火车站，等候物资和给养时，赫伯特很高兴看到了窄轨的铁路，搭乘了一段，火车爬山时慢得要命，下山时快得犹如普通快车。有时候他看到黑人，他们脏兮兮地站在脏兮兮的小屋前，有时看到身手敏捷的家伙从连队面前一闪而过，却在之后的巡逻中不见踪迹，有时看到有鬈曲的短发和厚厚的嘴唇的女人。有时候那些蜷伏在茂密的灌木丛里或者山崖上的黑影不是黑人，而是狒狒。

一天晚上，赫伯特被派去巡逻，查明火光的源头。他看到草原着火了，在深红色的烟云之下，草地和丛林在燃烧，喷出一束束火光。然后他寻找营地，却找不见了。当他的马再也找不到方向时，他知道自己必须等到明天来临，不得不睡在草原上了。他听到亚洲胡狼在悲鸣，听起来犹如狗儿在狂吠或者孩子在呜咽。它们在寻找猎物，嗅到了他的味道，走得越来越近，直至它们的悲叹声将他包围，使他心情沉重，让他感到害怕。他手握武器，坐起来凝视着夜空，对他听到的亚洲胡狼、他知道的豹子以及他抗击的赫雷罗人充满恐惧。可他什么也看不到，没有亚洲胡狼，没有豹子，也没有赫雷罗人。他只看到黑魆魆的夜色，那么不可穿透，仿佛有一条被子盖在了他的身上，他不知道他是对外面的夜色，还是对他自己心里的某个东西感到害怕。

可是，他更愿意让奥尔加对他赞叹不已，而不是向她描述他的恐惧。"你知道我们在西南非洲这里为你们做了些什么吗？我从一份报纸上看到，一旦我们不能把那些无赖的黑人置于统治之下，那么用于远征的其他金钱都将白白浪费，而最好不过的结果就是将撒沙器卖给英国。你也这么想吗？我的回答是，政府若是不想使白种人的使命白白浪费，损害我们的祖国，那就非这么做不可。我们可能会丢失一个天堂！"赫伯特还眉飞色舞地和奥尔加谈起气候，说对肺病患者而言，那里的气候要比家乡的更有利，谈起挖出的水井，栽培的烟草、棉花和仙人掌，种植的林子，挖掘的坑道，以及可能建起的工厂。德国人在这方面必须成为主宰。"黑人企图发动起义夺回政权。我们不允许他们得逞。我们胜利是为了他们的幸福，也为了我们的幸福。他们是还处在最低文化层次的一类人，他们缺乏我们拥有的最崇高和最美好的素质，诸如勤奋、感激、怜悯以及所有理想的东西。即便从外表看他们是受过教育的，他们的心灵却还是跟不上。一旦他们胜利了，文明的人民的生活将会出现可怕的倒退。"他写信提及巡逻、小冲突以及追捕行动，他高呼"乌拉"，说追捕行动有进展，也提及皇帝那封称赞官兵们的电报。

14

赫伯特特别自豪地谈起过瓦特贝格战役的情况。一九〇四年八月十日,德国军队紧缩了对山前和山后的赫雷罗人军营原本很松弛的包围圈,夜里他们开始向前推进,八月十一日凌晨发动进攻。

赫伯特所在的连队从南部挺进抗击赫雷罗人,不是上山,而是穿越平坦地带。他们马上遭遇了炮火,在丛林后面和浅坑里寻找掩护,射击,然后一跃而起,喊着"乌拉"冲出去,重新寻找掩护,重新回击炮火,继续向前挺进,现在不用喊"乌拉"了,而是不断地跳跃和低头,和其他士兵一起建立一条防线,然后等待——这就是战役最初的时光。当机关枪和炮兵部队抵达时,他们才能在它们的保护之下继续向前推进,直至赫雷罗人发起抵抗和反攻,迫使连队重新在丛林后面和浅坑里寻找掩护。当赫雷罗人看来似乎不得不退却然后逃之夭夭时,他们的女人的歌声和掌声越来越大,赫雷罗人重新掉转方向,阻截了连队,甚至把他们赶了回去。他们必须夺取赫雷罗人的水源,可无论是上午还是下午都无功而返。只有到了晚上,因为机关枪和炮兵部队密集地投入行动,赫雷罗人才不得不放弃水源。"那个水源终于是我们的了。夜幕渐渐降下。突然之间,给将军提供无线电信号的阻塞气球燃烧起来,挣脱开,随后像一个巨大的火炬慢慢飘浮在夜空中。"

赫伯特和战士们一起射击,一起猛攻,一起战斗,却几乎没看到过一个赫雷罗人。他看着他的战友们战斗然后倒下。在那些赫雷罗人之间,他有一次看到一个黑脑袋,有一次看到他们敏捷的跳跃,他们通过跳跃,从一个掩体向前飞奔到另一个掩体,或者迅速退回。有一次他看到一个赫雷罗人蹲坐在一棵树的树冠上,被击中了,滚落下来倒在地上,又有一次他看到那些黑色躯体和圆锥体土丘一起,被一枚炮弹撕得粉碎,然后在空中旋舞——他们原本是躲在那土丘后面寻求掩护。正如他每次撤退时看到倒下的德国人一样,他在每次行军时也看到倒下的赫雷罗人。可是作为面对面的作战对手,这些赫雷罗人始终是幻影。"我们应该可以更清楚地看到黑魔鬼呀!他们的声音听起来多近呀!可要想看到和抓住他们却又是多么困难。"

攻克水源之后,德国人因为太过虚弱无法继续战斗了,赫雷罗人于是携带着他们的牲畜逃往东部。次日,德国人开始追捕他们,赫伯特也在其中。路旁躺着濒死者和受伤者,其中有老人也有小孩，他们在逃跑时没能跟上，和站在路旁因为饥渴难耐而吼叫的牲畜一样快要饿死渴死了。许多牛犊、绵羊和山羊被切断了喉管，鲜血被吸干了。那些水源已经没有足够的水提供给逃跑的赫雷罗人，更没有水提供给正在追捕他们的德国人，后者不得不开始撤退。

赫伯特还从来没有真正遇见过赫雷罗人。作战时，机关枪和他们保持着距离。打完仗后，机关枪的威力更足以让他们保持距离，阻止他们进入沙漠边上水源的入口。赫雷罗人逃往沙漠后，其中数千人最终活活饿死渴死。

后来，赫伯特得了伤寒，久病卧床，痊愈后被安排在哨兵的位置上值勤，慢慢才重新开始骑马巡逻、参加小型战斗以及追捕行动。轮到休假时，他就出去打猎，打珍珠鸡、鸨、鸽子、蹄兔、灵猫、跳羚、豪猪、狒狒、鬣狗、亚洲胡狼以及豹。他和战友们一起过了两次圣诞。他们把食品罐头剪成闪闪发光的星辰，将一棵骆驼刺树装饰成圣诞树，唱着《平安夜》。他们过得很愉快。

有时候，赫伯特不得不监视被俘的赫雷罗人，然后问自己，是否可以教育和强制他们干活，或者最好还是用机器替代他们。在追捕瓦特贝格战役中，当看到他们遭受病痛然后死亡时，他离他们最近，他最能感觉到他们。可是，他们和牲畜一起,也如牲畜一样地惨死,他们躺在地上,而他则骑在马背上。

15

当赫伯特从西南非洲回来,奥尔加再次见到他时高兴得忘乎所以,都没和他聊一聊她读到的那些暴行。可她很快就不想再了解任何关于屠杀、小冲突、巡逻和追踪的情况,包括无限辽阔的陆地、流火的炽热空气、海市蜃楼和雨后彩虹、燎原之火的火光和烟云,也包括应该被挖掘、被饲养、被种植、被钻探、被建造的东西。"如果那都是幻觉,现在眼前的是什么?"她想知道黑人是否漂亮,那些男人和女人,他们如何生活,依靠什么生活,他们如何看待德国人,他们对未来有什么期望。他在那里喜欢什么,反感什么,他是否可以想象在那里生活。还有那两年时间给他留下了什么。

他们坐在尼曼河岸边。奥尔加准备了野餐,赫伯特租了一辆马车,他们行驶了一个小时,先是从村里到河边,然后沿河而行,找到一个偏远的地方。他们铺了一条床单,吃着土豆沙拉和煎肉饼,喝着红酒谈了很多,因为她想要问的东西都还没有问:大家读到和耳闻过的事情有没有在他身上发生——你在那里和女黑人同居过吗？你一定非常孤独吧？她还想问：你在这里找到适合你的人了吗？你的父母给你找女人了吗？我们将来怎么办？

他们说话也是为了抗拒白日的忧郁。天雾蒙蒙的，太阳犹如一块浑浊不清的反光玻璃隐藏在薄薄的云层之后，绿色的树木和草地以及蓝色的尼曼河了无生气。万籁俱静，没有发出突突声的船只，没有嘎嘎叫的鹅儿，没有远方的声响。马儿在吃草，偶尔打个响鼻，河中的流水偶尔发出汩汩声。

奥尔加对赫伯特的回答并不满意。臀部宽大的女黑人对德国人并不具有吸引力，赫雷罗人过着原始的生活，他们讨厌德国人，却知道德国人是他们的命运和他们的未来。那里的人得的病——伤寒、疟疾、黄疸和脑膜炎恐怕让他很厌恶，他很高兴她不想再听这些了，可那片辽阔的土地上发生的事就是如此。

"朝那边看！"此刻奥尔加想了解清楚，"这难道不是没有尽头的远方吗？目力所及之处尽是原野和森林。土地并不平坦，但目光可以轻松地穿越低矮的山丘。最远只能看到地平线处，可那儿的地平线下面还有地平线。"

"山丘左边有一座村庄，山丘后面是下一座村庄，那儿的尖顶是一座教堂塔楼的屋脊，如果顺流而下行驶半小时，我们就可以看到露易丝王后大桥。到处都是人。"

"因为那些人的缘故,这里……"

"对,因为那些人的缘故,这里就不是没有尽头的远方。"

"你对这些人有什么不满?没有他们,就什么也没有。"

"我并没有对这些人不满。可也用不着到处都有人。我没法跟你解释得更清楚。"

赫伯特很生气,不知自己能否更好地解答她的问题。他感觉自己走进了死胡同。

奥尔加喜欢赫伯特不明白某些东西、不能解释、无法表达的时候。他是个强者,没有被吓倒,没有屈服,她需要这样一个男人。同时,她希望不仅能仰望她的男人,而且要在某些方面超越他。但他不必知道这一点,更不必为此生气。

"我看到你奔跑的时候,常常觉得你仿佛会没完没了地跑下去。对我而言你就是这样:没有尽头的远方。"她将头倚靠在他的肩上,"你还奔跑吗?"

"在那里不会。现在我在柏林时,早上五点就起床,在动物园里奔跑。除了我之外,还有几个骑兵也在跑。"他搂住她,将她拉到身边,他们面对面地站着,四目相对。"这两年里我没有其他女人,无论是白人还是黑人。我……当我有时独自一人时……我不是常常独自一人……我就只想你。

我要你,我会找父母谈。"

16

他待了一个星期。他们既无法在村里,也无法在提尔西特的旅馆里同居,可那是夏天,那是假期,有森林和草地。我们的爱情就是森林和草地之恋,他们哈哈大笑着说。

最后一天,他们去看望邻村的一户人家,奥尔加和那家人交情很深。和尼曼河北边的所有农家院落一样,这家的农家院落也很小,孩子们在房舍和马厩之间玩耍,一只公鸡趾高气扬地走着,母鸡们在地上翻找着什么,大猪和小猪跑来跑去,狗和猫们则躺在太阳底下。农妇萨娜和奥尔加热情地互致问候,孩子们都不认生,只有赫伯特感到很拘束。他懂得在庄园里平易近人地和男仆女仆们打交道,但面对谦逊却不低声下气的农妇和孩子们就显得不自信了。

奥尔加试图拉着赫伯特和艾克一起玩。小男孩两岁,一头金发,结实有力,正兴致勃勃地和奥尔加一起用木头积木搭建一座塔楼,再同样兴致勃勃地将塔楼推倒。他们就这样一而再再而三地搭建,又一而再再而三地推倒重来。赫伯特不想坐在地上和他们一起玩,他站在那里,观望着,在思考奥尔加的话："我想象你小时候就是这个样子！"他无法想象自己小时候的样子。童年时代唯一的记忆就是木马，那是在父母的卧室里找到的，是他过三岁生日前得到的礼物。他后来那么喜欢骑马——他无法骑着木马奔跑，因此也难以接受这个东西。现在他无法习惯这种贫穷的农家院落，难以接受孩子和牲畜混居的乱七八糟，难以接受奥尔加和这个高声喊叫的肮脏小男孩在一起玩耍。好在到了晚上，农夫回来了，耐心地倾听赫伯特对德属西南非洲的印象。

暮色四合，回家路上，赫伯特问她从那些人身上找到了什么，奥尔加说，他们是和她一样的人，他摇摇头，但不再继续追问下去。他们沉默而愠怒地并排坐着，直到望得见奥尔加的村庄。她从他手中拿走缰绳，咂了下嘴，让马从慢行到疾驶，指挥它在一条途经原野通往森林的路上飞奔。赫伯特目瞪口呆，像是中了魔法一样；奥尔加驱使马车颠簸摇晃地越过种种障碍，她的脸上显出无畏的坚决，头发在风中飘扬。他已经认不得她了，她是如此美丽动人，如此形同陌路。

他们一直在做爱，直至次日早晨他不得不回到提尔西特的旅馆，然后上火车。她则穿越田野回家。

几个星期后，他回来了。他和父母摊牌，父母威胁说，如果他执意和奥尔加结婚，就要剥夺他的遗产继承权。维多利亚遇见了一位来自贫穷的老贵族家庭的军官，军官准备娶她，接管家产然后使之发扬光大。他们也为赫伯特找到了一个女人，那是制糖厂的女继承人，她是一名孤儿。在母亲眼里，她可以生养很多孩子，而在父亲眼里，她将和赫伯特一起把他们的制糖厂缔造成一个制糖帝国。结果是无尽的争吵、喧哗和眼泪。最后，赫伯特径自出发了。他继承了一位姨妈的遗产，钱不多，不够用来娶奥尔加和建立家庭，但还是足以过上几年日子。然后——用不了多久，这点赫伯特知道，他想要做出一番惊天动地的伟业，只是还不知道是什么。

　　正如他对父母既不承诺也不拒绝那样，他对奥尔加同样既不承诺也不拒绝。奥尔加并没有催逼，也没有抱怨。时节还一直是夏天。假期虽已过去，但奥尔加和赫伯特始终还有足够的时间在森林和草地之间谈情说爱。只是他已经心不在焉。他认为奥尔加对他充满指责，她只是没有表达出来，他为此怨恨她，也怨恨自己。他不想对父母屈服，又无法和他们断绝关系。他不知道何去何从。几日后，他直接从这里启程了。

17

他要去阿根廷。又是一次漫长的航海之旅，这一次不是和其他士兵，而是和想要移民或者已经移民、回来拜访祖国的德国人，和布宜诺斯艾利斯的德国教徒的牧师，和想要从阿根廷途经安第斯山脉前往智利的巴登苯胺苏打制造厂的商人，和跟随亚历山大·冯·洪堡足迹探索的威廉皇帝研究院的研究人员，以及喜欢旅行和冒险的游手好闲之徒。

赫伯特并没有待在布宜诺斯艾利斯，而是坐船沿着巴拉那河向上游航行，他还没见过这条河流。他不得不承认，阿根廷的巴拉那河或许甚至胜过德国的莱茵河，至少也是旗鼓相当。由橘树和柳树组成的漂浮的森林，狭长窄小的运河，多少次似乎已到了尽头，突然之间却又流入宽阔而平静的水面，没有人烟却又充满秘密的河岸，时而有猴子和鸟儿的叫声，时而是悄无声息的寂静。到了罗萨里奥，赫伯特乘火车前往科尔多瓦，坐在一节空荡荡的车厢里，当他环顾左右的时候，就可以看到无边无际的平原。车站也是孤零零的，火车停下，然后继续行驶，听不到任何声音。总是能看到马和母牛的尸体躺在铁路旁，而蹲在身上撕咬它们肉体的鸟儿也从不转动脑袋。零零落落的树木参差不齐，畸形生长；凛冽刺骨的寒风穿越平原，穿越火车，也吹到赫伯特的脸上，让他的牙齿不停地打战。

在科尔多瓦，他买了一匹马和口粮，继续前往图库曼。路途中，他超越了一列长长的车辆，它有着高耸的轮子、圆形的车顶，车里装载着谷物，由六头牛拉着。他遇到一群群野马，它们风驰电掣地猛冲过来，陪伴他，又风驰电掣地飞奔而去。那些村庄都很小，很贫穷，不多的房舍有着红色的正面和白色的尖顶。漫无尽头的干涸盐湖呈现的白色很晃眼，一旦起风了，红色的细沙便会钻入他的衣服、毛孔、眼睛、耳朵和嘴巴里。晚上，赫伯特生起火来，烤一只鸡、猪肉、土豆，那些东西是他从村里或者农家院落里买来的。日子变得越来越炎热。一天，他不再仅仅看到始终一模一样的平原。云雾缭绕中，淡青色的高耸群山出现在地平线上，山峰是白色的，安第斯山脉出现了。

一次歇脚时，他的大腿被一条蛇咬了。他倒在马背上，寄希望于能在下一座村庄找到一位医生或者理发师，可不久就坚持不下去了，坠落到地上。数小时之后，或许是几天过去，他才苏醒过来，身边围着妇女和儿童，他们的皮肤是土色的，眼睛像条斜缝，颧骨突出，他们是印第安人。他的大腿上被蛇咬过，那里有一个伤口，并没有被缝合，但已经牢固地包扎起来，因而没有发炎。赫伯特拆开夹克衫的贴边，给印第安人那些他藏起来应急用的金币，向他们鞠躬致谢，然后继续骑马远行。他们目不转睛地注视他，慢慢转动脑袋，目光尾随他远去。

一周后，他抵达图库曼。他发烧了，等到痊愈时，他的时间和金钱都耗尽了，不得不返回，都没有抵达安第斯山脉。他的爱本来就属于平原，属于一处处地平线隆起的天空，属于那种心无旁骛、一心向着远方的目光。他多想见识一下安第斯山脉的大雪。

于是，他见识了卡累利阿的雪。那是他接下来的孤独之旅，从阿根廷回来之后不久进行的，他重新骑上了马，这一次还带了一条狗。他本来只想夏天在这个地区漫游几周而已，领略一下白昼，猎获一只北极熊。可他生生被这种金色吸引住了：早晨，太阳用它给迷雾染色；晚上，太阳用它给湖水和河水染色；深夜，太阳用它给天空的边缘染色。他被白桦树和稀疏的森林，被仪态万方地浮出水面、在水上奔跑、飞上天空然后同样优雅地落地的天鹅，被这些如他一般敦实强壮、独来独往的驼鹿的身影吸引住了。他靠吃鱼、蘑菇和浆果维持生命，要忍受和从早到晚陪伴他的一大群蚊子和平共处。九月，色彩的世界变了，白桦树的叶子黄光闪闪，欧石楠的叶子红光熠熠，松树绿色耀眼，众多地衣白得发亮。

冬天比以往任何时候来得更早。卡累利阿人感觉到了，向赫伯特发出警告。可他喜欢铁血宰相俾斯麦的话：我们德国人敬畏上帝，除此之外不敬畏世上的任何东西。于是他重新启程。当初雪降临，赫伯特在一间小屋里找到了庇护。可他不能待下来，因为面临被雪围困住的威胁。他只好又继续上路了，艰难地穿雪而行，一周后抵达了那座驿站，他们曾经在那里警告过他，这段时间已经把他忘记了。他们以为他在大雪和严寒之下一定会放弃。可他没有放弃。走过卡累利阿之后，他相信他将无往而不胜，只是不可以放弃。

18

他紧接着又有其他的旅行安排：到巴西，到科拉半岛，到西伯利亚，以及到堪察加半岛。他一出去就好几个月，在西伯利亚几乎长达一年。在旅行的间隙他回家看望父母，父母想完成他们的心愿，让维多利亚嫁给那位军官，赫伯特娶来那位女继承人。但他们并没有如愿以偿。维多利亚遇见了一位来自鲁尔区的年轻工厂主，他对她而不是对她的财产感兴趣，而那位女继承人野心勃勃、独立自主，即便没有赫伯特也可以卓有成效地管理工厂。赫伯特希望，一旦女继承人厌倦了等待，而维多利亚嫁到鲁尔区之后，父母还是会把财产留给他和奥尔加的。可父母没有放弃，而是催逼他，威胁他。于是他避开大声叱责的父亲和痛哭流涕的母亲，前往柏林或者到奥尔加那里去。

他有时几天来一次，有时一两周来一次。他住在提尔西特的旅馆里，租了一匹马，每天过去看望奥尔加。如果她在检查学生作业，或者在做针线活儿，或者做饭，或者做罐头水果或蔬菜的话，他就坐在那里看着她。他谈起自己的旅行，已经进行的和马上要进行的。她仔细倾听，反复询问；她了解他旅行的线路和目的地。有时他租一辆马车，他们到尼曼河畔野炊，有时他们乘坐头班火车从提尔西特到梅梅尔，再坐最后一班车回来，在库尔斯沙嘴海滨度过一天。

她多么希望他能更多地进入她的生活。她多么希望他就在身边，能在星期三一起参加合唱，能和她星期天在教堂的廊台上一起踏着管风琴风箱，能在九月一起组织"塔劳的安娜节"[①]，能和她一起愉快地期待艾克健康成长起来。可是，当他陪伴她时，他在她的朋友面前要么太害羞，要么太自信，

[①] 赞美塔劳的牧师之女、传教士约翰内斯·波塔蒂厄斯新婚妻子安娜·尼安德的节日。

找不到合适的气氛，感觉不舒服。

她发现，她在赫伯特的生活中所扮演的角色，使她想起了情人在已婚男子的生活中所扮演的角色。这个已婚男子生活在他的世界里，专注于他的事务，偶尔从生活中留出一点时间，与不参与他的世界和事务的情人一起度过。可赫伯特不是已婚男子，没有女人和孩子要让他回到身边去。奥尔加知道他爱她，在尽他所能地亲近她。他和她在一起是那么幸福快乐，他和任何其他人在一起都不会如此幸福。只要是他能给的任何东西，他都不会拒绝给她。而她想要的东西，他是没有能力给的。

一九一〇年五月，赫伯特在提尔西特祖国地理与历史协会做了场关于德国在北极的任务的报告。他曾在饭馆里偶然和协会会长聊起来，跟他说起已经完成的旅行，也说起计划中的北极之旅，于是马上得到了会长的邀请——会长要将演讲者带到提尔西特并非轻而易举。驻军学校的大礼堂里座无虚席，赫伯特演说时语速很缓慢，像探问似的，直到他从听众的脸上看到了那种兴趣，于是他越来越兴奋。

他谈到佩特曼[①]曾经尝试在一八六五年向没有积冰的北

[①] 奥古斯特·佩特曼（August Petermann, 1822－1878），德国地理学家和制图员。

冰洋挺进，当时许多人梦想过这件事；谈到卡德维一八六九年到一八七〇年随同"日耳曼妮娅[①]"号和"汉莎"号两艘船考察格陵兰东海岸，"日耳曼妮娅"号的成员们在那里获得了至关重要的科学成果，而"汉莎"号的成员们在失去了他们的轮船之后，竟然一整个冬天都英勇地漂浮在一块大浮冰上，并在春天里乘坐小舟抵达了人类的居住点。德国人的自控能力、冒险精神以及英雄气概，在北极地区得到了不可思议的证明，德国的旗帜也应该在北极高高飘扬。美国的库克[②]和皮里[③]都有失公允地以征服北极自诩。但德国的兴趣离开北极地区，转向了南极地区——赫伯特对此难以理解，对冯·德里加尔斯基[④]一九〇一年至一九〇二年间在南极行动失败也不寄予同情。"德国的未来在北极。在那块犹如处女般被冰雪覆盖的土地上，在那些被土地蕴藏的宝藏里，在渔业和狩猎里，在能够快捷而容易地将德国和其太平洋殖民地联结起来的北方海路里。只要我们敢于相信上帝、相信自己，北极就无法拒绝德国采取的行动。"

[①]历史上象征德意志帝国的女神。
[②]弗雷德里克·库克（Frederick Albert Cook，1865－1940），美国医生、极地探险家。
[③]罗伯特·皮里（Robert Edwin Peary，1856－1920），美国工程师、极地探险家。
[④]埃里希·冯·德里加尔斯基(Erich von Drygalski，1865－1949)，德国地理学家、地球物理学家、极地探险家。

赫伯特站在讲台后面，在众人的鼓掌声中站到前面，唱起了《德意志之歌》，听众起立，开始合唱。"德意志，德意志高于一切！"

19

"这不对你的胃口的。"赫伯特在活动开始前对奥尔加说，可她还是来了，穿上了自己最好的衣服，那是一条大开领的蓝色丝绒连衣裙，里面是一件轻便的白色立领衬衣，她很高兴看到男人赞赏的目光。她一直等到招待会结束，赫伯特在那里被簇拥着，大家频频举杯，为德国，为皇帝，为海军，为北极，也为他干杯。她站在窗口，他走到她跟前，满面春风，目光炯炯，她跟他说着他爱听的话。难道为这样的满面春风，为这样的目光炯炯，他不该赢得所有的赞美吗？

他们走到马厩那里，虽然时间很晚，赫伯特依然备好了马车和马，把奥尔加送回家。他不停地说呀说。他想听到她的美言，说觉得他特别引以为豪的报告写得很好，他对南极的怀疑是有根据的，他对北极的梦想是富有想象力的，而现在是从语言走向行动的时候了。直至她的赞美变成了单音节，他不再作声为止。

月光照在原野上，一片白光粼粼，奥尔加想起了大雪纷飞，想到了南极北极。可那是五月，暖风吹拂，夜莺歌唱。奥尔加将手搁在赫伯特的胳臂上，他屏住呼吸，他们在陶醉地倾听。

"它们在说，夜莺的歌声让垂死之人安详地死去。"她低语道。

"夜莺歌唱爱人。"

"歌唱我们。"她偎依在他身边，他搂住她，"你希望在那里干什么？"

"我们德国人……"

"不，不是我们德国人。你想在那里干什么？"

他沉默着，她则在等待。突然之间，她觉得风的怒号、马的鼻息和夜莺的歌声听起来很悲伤。仿佛对她而言，她的人生就是等待，而等待没有目的地，没有终点站。那种念头让她颤抖。赫伯特感觉到了这一点，然后回答道：

"我一定做得到。那极地，那海路。虽然还没有去过那里，但我相信我一定做得到。"他点点头，"我可以做得到。"

"然后呢？如果你抵达了极地或者穿越了海路的话，它会带来什么？你自己不是说过极地那里什么也没有，那海路大多关闭着。它大多关闭着，即便你可以穿越一次。"

"你在问什么？"他痛苦地注视她，"你不是知道我对你的问题没有答案吗？"

"远方吗？没有尽头的远方吗？是这样吗？"

"你说说你想要什么。"他耸耸肩，"我有朋友在部队里，他们说马上就要打仗了。然后我就要去当兵。可如果没有战争的话……我没法更好地解释了。"

你什么都没有解释，她想，什么都没有。

20

直至冬季来临之前，他一直在为报告忙碌着。他知道，提尔西特的成功并不确保他也能在柏林、慕尼黑以及其他首都和首府取得成功。在这里，公众的消息更灵通，也更具批判力。在这里，他不能避而不谈的是，埃里克·诺登斯科德[①]早在一八七八年至一八七九年间就在北方海路上航行过；想论证一九〇八年到达北极的库克和一九〇九年到达北极的罗伯特·皮里谁是抵达北极点的第一人十分困难。人们都知道穿越北方海路需要很多运气和很多时间，除此之外还

[①] 埃里克·诺登斯科德（Adolf Erik Nordenskiöld，1832－1901），芬兰裔瑞典极地探险家。

想知道什么？抵达北极并证明这一点是昂贵、危险和艰难的事——难道不应该让发展得越来越成熟的飞机有朝一日带人类去北极吗？

赫伯特想要做关于北方海路的报告，阐述德国对其开展研究的必要性——由他开展研究的必要性。从地图学角度看，北极盆地的西伯利亚沿海地区的地图制作得很粗糙，要比美国和格陵兰的沿海地区的地图更粗糙。唯有勘查和测量之后，才能最终总结性地评价欧亚海路的情况。唯有当北极盆地周围的那个环形山被打通之后，才能探明盆地那里拥有多少宝藏。

除了写报告之外，赫伯特还写信。他将报告提供给不同的科学协会——各种地理学协会、民族学协会、地理学与民族学协会、区域地理学协会、人类学与人种学协会、史前史与海洋研究协会。他给冯·德里加尔斯基写信请求给予公开支持，给柏林和汉堡的公司写信请求提供设施、衣服和食品方面的支持，给布罗克豪斯出版社写信建议印刷北极主题的明信片，并用其部分收益资助他的科学探险。当他收到来自不同协会的邀请函时，他就给那些当权者、政治家、工厂主、银行家以及其他社会名流写信，邀请他们亲自参加他的报告会。

奥尔加享受着赫伯特在写作的几个月里在她那里度过的时光。他给她朗读他写的东西，无论是报告还是信件，并且倾听她的建议。她教他不要简单地撰写报告，而是要写下一个个段落，这样就可以将它们组合成不同的报告。她也教他脱稿演讲；他首先写好那些段落，然后把它们背诵出来，他只要做好这些段落的笔记就够了。她和他一起练习，中间还打断他，叫嚷着提出问题，提出异议。她让他改掉一感到难为情就摸头，一被抨击就大声叫喊的毛病。她把他打造成了一名演说家。

她让他明白，如果他想为自己的科学探险争取到支持者和资助者的话，就必须学会和每个人打交道，并且可以从她这里的村子着手。他与人相处时也变得更加得心应手了，没有了羞怯，但依然保留着那种显得霸道的果敢。

尽管维多利亚这段时间嫁到了莱茵地区，制糖厂的女继承人找到了另一个制糖厂企业主，赫伯特的父母依然认为奥尔加不是适合儿子的女人。他手头的钱来自姨妈的遗赠，日子过得紧巴巴的，父母希望日益窘迫的经济境况会使他顺从他们的意见。但他起先受到的影响只是在提尔西特换了一家比较廉价的旅馆，不再租用马和马车，而是搭乘窄轨铁路去斯马利宁凯，然后从车站步行六公里或者跑步到村里。因为家门口不再有马和马车，他过夜时不再引人注目。

十二月的一天晚上，夜幕降临时，赫伯特来了。奥尔加没料到他会过来。奥尔加让艾克来了家里；其他几个农家孩子都病了，艾克的母亲让他带了小腿湿敷包、药酒以及椴花茶，但是没有一起过来，她希望艾克免遭传染。奥尔加和艾克在玩，赫伯特做了个鬼脸后坐下来也和他们一起玩。奥尔加做饭时，他们俩继续玩耍，然后大家坐在桌边吃饭，之后两个人还一起玩了会儿，奥尔加则去洗碗。她听着赫伯特和艾克说话，对他们俩而言，"嗨，你别生气"这个游戏很新鲜，他们在这个游戏中生气、漫骂和大笑。当奥尔加将艾克带到那张卧室里摆不下因而摆在厨房里的床上时，她把桌上的那只电灯拉得低低的，整个空间的其他部分和艾克的床铺就处在了黑暗中。

赫伯特在看信，那封邮件给他带来了阿蒙森[①]穿越西北水道的报道。奥尔加拿出一沓作业簿。她翻开第一本作业簿，却没往上面看。眼泪在她的脸上流淌。

"怎么了？"赫伯特抬起头，站起来又跪在她旁边。他抚摸她的双手，轻声低语："怎么了？"

[①] 罗尔德·阿蒙森（Roald Amundsen, 1872–1928），挪威极地探险家。

"那只是……"她也轻声低语，可这足以打开抽噎的闸门。"那是……"她抽噎着摇摇头。

"什么？"

"你听见艾克的呼吸了吗？"

21

一九一一年三月二十一日，赫伯特在阿尔滕堡举行了第一次报告会，萨克森－阿尔滕堡公国的恩斯特公爵成了他的第一位资助人。

他本想在一九一二年夏天启程穿越北方海路，心想用一年时间筹措经费和作准备就够了。可是冯·德里加尔斯基不仅不给予支持，还反对他的计划，批评他缺乏地理知识、关于北极的经验不足，汉堡和柏林的公司对他的支持持保留态度，而起初对明信片项目有好感的布罗克豪斯出版社则失去了兴趣。一九一二年至一九一三年冬季，赫伯特只好带上他的报告到一个个城市游说，最后才凑齐这次科学探险所需的资金。不过这些资金只用于科学探险先遣队，而先遣队的探险是为了考验这种装备是否管用，口粮是否足够，训练人员是否熟悉北极地区的生活。赫伯特希望，先遣队的成功一定会为后面的科学探险队带来鼓舞。

目的地是东北地岛，那是斯匹茨卑尔根群岛中的一座岛屿，赫伯特想在冬季来临前穿越这座少有人知晓的岛屿内部。他起先打算在一九一三年初夏启程，可后来他参与了为科学探险队融资而发售彩票的相关谈判，谈判进行得很艰难，也拖延了很久。当他终于可以到特罗姆瑟和先遣队的其他成员会合时，已是七月底了。

最后一晚，他和奥尔加告别。她一开始设想，这次科学探险活动就跟他之前的许多次旅行一样。她从来没有把他送上过火车或者轮船。可这一次，他在出发前请她去柏林和他见面，于是她过去了，她不知道是应该对他在离别时刻渴望亲近感到高兴，还是应该对一种折磨他的神秘的恐惧感到担忧。

他到车站去迎接她，陪她来到他在筹备的这几个月租的房子里，然后就让她独自一人待在房间里；他得出去参加一个讨论会，不知道何时能回来。他劳累、忙碌而又慌张，她不想被他传染，可在他的房间里等待时却还是越来越烦躁不安。她来回踱步，从望得见院子的厨房窗口穿越走廊和客厅，一直到望得见有着鲜花和水井的广场的工作室窗口，然后再回头。她不想刺探情报，可还是在赫伯特的书桌旁站住了，

浏览他的一样样东西:账单、清单、广告、票券、摘录、信件、笔记。在那里面有一首诗是赫伯特的笔迹:

> 先静心思考!
> 然后竭尽全力地开始行动!
> 宁可在青春年华时丧命,
> 在人类勇敢的奋斗中献身,
> 也不要在无忧无虑的生活之后
> 撑着拐杖苟且偷生。

他想要跟她说这个吗?他出发是为了让自己在青春年华时丧命吗?难道他根本不是想去穿越东北地岛,而是有着更为宏大的计划?他不是想要努力穿越北方海路,或者征服北极吗?他绝对不可能在冬季来临前回来吗?

她在厨房里找到了土豆、鸡蛋和肥肉,准备了一顿乡下风味的早餐。她找到了放在水槽下方的香槟酒和红酒。赫伯特一回来,他们便开始一起吃早餐。他谈起他那艘船,现在他还没有拿到手,得在特罗姆瑟找到——如果在特罗姆瑟找不到船,那该怎么办?

在床上,她说道:"我看到你那首诗了。"

他一声不吭。

"你能在冬季来临前回来吗?"

"我早在许多年前就写了这首诗。它更多的是和其他东西有关,和这次科学探险没有关系。"

"在冬季来临前回来吗?"

"是的。"

22

还在八月时,奥尔加从《提尔西特报》上读到一篇文章,说是两名成员在特罗姆瑟告别探险队回到了德国。这意味着赫伯特决定在东北地岛或者斯匹茨卑尔根群岛过冬。奥尔加失望至极,感觉上当受骗了,于是给赫伯特写了一封怒气冲冲的信,寄往特罗姆瑟,留局自取,即便他要在返回之后才能看到这封信。她没法不发泄自己的怒火。两天后,她不再怒气冲冲,又写了一封信过去,信封上写着"先拆阅!"。她给了他度过漫长而阴暗的冬天的勇气,这封信等到他返回之后就会看到。可是现在她要给自己勇气。她也开始自责。他可以搞定一切,不能放弃——她这是在试图劝阻他放弃近乎狂热的卡累利阿之梦!

一月，她在《提尔西特报》上又发现了一条信息。赫伯特在特罗姆瑟购买的那艘船被冰块冻住了。它还是将赫伯特和其他三名队员带到了东北地岛，之后就再也走不动了。船长和其余队员最终离开了这艘被冻住的轮船，开始徒步穿越三百公里前往下一个居民点，而船长后来也到达了——作为唯一的中途参与者，他身体状况很不好，严重冻伤，筋疲力尽，甚至过了许多天仍无法开口说话。一些人在途中被落下了。

从那时起，报纸每星期报道探险队的命运。还在一月时，一支挪威救援队启程，二月，第一支德国救援队启程，三月，第二支出发，四月，第三支也启程了，而到五月则有了第四支。即便无法报道救援队出发或回来的消息，人们也可想象发生了什么。

斯匹茨卑尔根群岛和东北地岛上有小屋，那是之前的探险队或者捕鲸者和打猎者建起来的——那些探险队员能够抵达哪些小屋呢？和船长一起出发，后来却和他分开的那些队员应该走的是哪条路呢？赫伯特和他的伙伴走的是哪条路呢？或许他们在冬季来临时找到了一座小屋，建了一处营地，然后在冬季结束之后突然出现在一个海湾，想必那艘船在他们穿越东北地岛之后在哪个海湾接上他们了吧？专家们的说法真假难辨，有证明下落不明者被找到并被救出的，有说他们没有任何幸存希望的，有说一切都取决于湾流对东北地岛冬季的气候产生的影响有多强的。报上也提到了赫伯特，提到了他参加战争和旅行的经历，他的精力和果敢，但也提到了他的鲁莽——探险队启程得实在太晚了。

奥尔加阅读了所有的报道，但对哪个救援队何时以及在哪儿启程，她并不感兴趣。她只想知道赫伯特究竟怎么样了。四月，探险队的两名队员获救，他们和船长一起出发，却中途放弃，然后回到了船上。有四名队员不幸遇难。自从赫伯特在八月准备穿越东北地岛之后，那两名队员再也没有听到他的任何消息。七月，一支救援队回来了，他们穿越东北地岛的那些线路寻找赫伯特，但没有找到关于他的任何线索。报纸上只能看到豆腐干大小的相关信息。奥地利刚刚向塞尔维亚宣战。

奥尔加没有放弃希望，照常往特罗姆瑟给赫伯特写信，都是收件人到邮局领取的信件。她知道救援工作已经中止。但每次有报纸来时，她的心脏都会跳得更快，直至她看到又没有赫伯特出乎意料地抵达拉普人或者丹麦人居民点的消息。她在哪个地方读到过，丹麦探险队曾经在格陵兰度过了两个冬天。哪个地方——她不知道是在哪个地方，也不想重新核对这个信息，确定是她自己看错了。他们应该只待过一个冬天。

她为赫伯特怪异而真假莫辨的现状饱受折磨。从前在赫伯特出发后不久,她可以想象得到德属西南非洲,因为他在信里对此有过生动形象的描述,她可以定期收到战地的军用邮件。他很少从阿根廷和卡累利阿写信,但回来之后说得很多,从巴西、科拉半岛、西伯利亚和堪察加半岛回来之后也是一样。但她无法想象北极——难道她是出于固执才不愿意想象吗?她知道冬天的雪景,在尼曼河和库尔斯潟湖看到过冰雪融化。但雪面、冰山、冰川、北极熊和海象,那些穿着皮衣、戴着围巾的男人摆着英勇的姿势,带上滑雪板、雪橇和狗儿——报纸绘图者对着照片用几笔细而黑的线条描画的几幅素描,在奥尔加眼里就像漫画一样,仿佛北极是一则糟糕的笑话。

她现在对他的指责是严肃认真的。她从未和赫伯特谈论过他的项目和计划,从未对它们产生怀疑,从未尝试过劝说他放弃那些计划。她为赫伯特的兴奋、他春风得意的面孔以及他闪闪发光的眼睛感到高兴,仿佛他是个孩子,仿佛一切只是游戏而已。现在,假若赫伯特和他的伙伴们不再回来,那么这种游戏需要夺走四条人命,甚至是八条人命。

23

在此之后，德国向俄国宣战。俄国人占领了提尔西特，又不得不撤离了该地区，其间人们聚集在房舍前，听着从坦伦堡传来的大炮声。战争转移到东部，日常生活重新回归到小农经济的规则之下。秋天是收获、脱粒和犁田的季节，春天是施肥、耙地和播种的季节，在一九一五年战争时期的夏天，蓟被拔起，杂草被劈开，而马铃薯甲虫像在和平时代的夏天一样被拾走。

只是少了男人而已，有些妇女和母亲已经穿上丧服。老人和男孩子们不得不开始做本该是男人们做的事。奥尔加在邻村的朋友运气很好。那名男子从战场上回来了，虽然没有了左臂，但还是回来了。他的妻子微笑着走过村里，尽管她其实不想炫耀她的幸福。

奥尔加不再真的抱有希望。赫伯特这一走，两年过去了，他在斯匹茨卑尔根群岛要比丹麦人在格陵兰坚持得更久——那是奥尔加的一个梦，奥尔加之前几乎没有梦见过他。但对奥尔加而言，他的死也不是真的。她思念赫伯特，想和他说说话，想亲眼见到他，这种思念和在他许多次旅行期间没有什么不同。她已经学会和那个经常缺席且缺席很久的赫伯特生活。她并没有觉得这是什么重大的转折，没有感觉现在时间太多，现在时间太长。

即便他还没有从她的生活中消失，发生在法国的大规模伤亡却让她终于明白他已经阵亡。她在师范学院认识的女友，给她写信提及两个弟弟和他们的朋友在马恩河战役、佛兰德战役以及香槟战役中阵亡，奥尔加感觉好像赫伯特他们那一代人已经被消灭了。她难以想象他在冰雪中的情景。她看到他独自毫不费劲地进攻，那是无数进攻中的一次，报纸上对此作过报道，年轻人一个个勇敢而快乐地冲向死亡。

秋天时，她的祖母死于肺痨。她一直抱怨腹痛，人日渐消瘦，可又不愿搬到奥尔加那里让她照顾，宁肯在自己的床上等死。有一天上午，那些一直在照应她日常起居的邻居发现她已经去世。

奥尔加到达时，祖母已经躺在了教堂的棺材里。奥尔加坐在她身边，为她守灵。她从黑夜降临直至晨曦初露，始终守护在祖母身旁，祖母虽然收容她、抚养她，却并不关心她。她并不是哀悼祖母和她之间曾经存在而现在已经一去不返的东西，而是哀悼没有发生过的东西。她也哀悼那些阵亡的年轻男子们失去的生命，哀悼赫伯特和她永远不会拥有的人生。一切第一次显得那么真实可信：失去，告别，痛苦，哀悼。

她开始哭泣，不能自已。

24

她继续在自己的村子里教书，直至尼曼河以北的土地自《凡尔赛条约》之后从德国分裂出去，然后归法国管辖，又一直到一九二三年被立陶宛兼并。此后，她到了尼曼河以南的一个村子里教书。

这一年给她带来欢乐的是艾克。他是一个天才，一个机智伶俐的能手，可以自制轮船和木车，他同时又是一位梦想家，对辽阔的海洋和遥远的国度的故事总是听不够。当他喜欢上乔纳森·斯威夫特①和丹尼尔·笛福②时，奥尔加就开始向他讲述赫伯特的旅行，谈起德属西南非洲、阿根廷、卡累利阿、众多的半岛以及西伯利亚。她不想谈及斯匹茨卑尔根群岛，也不想谈及赫伯特生死不明的事。

她向艾克展示的是一个英勇的赫伯特，不是来自波美拉尼亚的一个自负而冻僵的男孩，而是对远方和遥远的未来充

---

① 乔纳森·斯威夫特（Jonathan Swift, 1667 – 1745），英国作家，以《格列佛游记》名世。
② 丹尼尔·笛福（Daniel Defoe, 1660 – 1731），英国作家，以《鲁滨逊漂流记》名世。

满渴望的冒险家，他不放弃，忍受住千辛万苦，熬过最为致命的危险。奥尔加仿佛无论如何都想向别人介绍在世人眼中一事无成的赫伯特，介绍他是怎样的人，又希望被看成怎样的人，仿佛她忘记了自己曾经对他所做的种种指责。后来，她担心艾克迷失在人生的选择中，犹如赫伯特一般迷失其间，最终走向堕落，也使他人陷入不幸。但那时候她没有对他产生更多的影响。

由于才华出众，艾克从村里进入城里，从国民学校上了高级文理中学，从提尔西特来到了柏林。他在技术大学学习建筑学，奥尔加时而去看望他，欣赏他的一切：高大的身材，一头金发，一张清新的面孔，一双蓝色的眼睛，有着运动员一样的风度，而且精明能干。后来，他拿到了奖，在哈雷建造了一家百货商店，在慕尼黑建造了一家宾馆，在热那亚修建了一处领事馆，又在意大利待了四年。一次，她去看望他，他带她领略罗马风光，给她介绍了一名年轻女子，那是他的女同事，是一位犹太女子，比他更精明能干，艾克似乎没有注意到的是，她也比他更聪明灵巧。奥尔加喜欢这个女人，希望艾克能和她相处融洽，希望看到两个人共结连理。可有一天，这个女孩不再在他的信里出现了。

一九三六年夏，艾克从意大利回国，加入了纳粹党和党卫队。他梦想着尼曼河和乌拉尔山脉之间的德国生存空间,从黑土到草原,凡肉眼所及的地方,麦浪涌动起伏,牛群辽阔无边。他幻想的国度里有着德国的国防村,而那里平时空无一人。这个国度需要男男女女的工人,正如需要耕地的牛和拉车的马。他们每天早上不知从哪里来,每天晚上不知到哪里去。他想骑着骏马指挥,使斯拉夫人的痛苦转变成德国人的华美。

奥尔加无法领会这些。她陪伴着艾克,支持他的阅读、他的业余爱好,以及他谈过的所有的一切,在各方面给他提供支持。可现在呢?他怎能如此放弃她相信并且经历的东西?她从来没有加入过社会民主党,但总是把票投给它。她曾经喜欢过共和国,女教师在共和国要比在皇帝治下发挥的作用更多,权利更多,挣钱也更多。她曾经坐在全德女教师协会的理事会中间,直至理事会通过民主决策达成了一致。她从一开始就拒绝了纳粹思想——在俾斯麦希望并且的确使德国变得太过伟大之后,德国又即将变得太过伟大了。那么在第一次世界大战之后,第二次世界大战一定会来临。

她试图劝说艾克放弃他的幻想。奥尔加不懂,难道他想从事耕作和畜牧业吗?他小时候不就是更喜欢捣鼓东西和看书学习,而不是在农家院子里帮忙吗?他作为大学生不是因为喜欢天竺葵，猫儿也离他远去了吗？他在大学里不是学的建筑学而非农学吗？梦想着看到辽阔的地平线，感受从日出到日落的虚无有什么用？那里生活着许许多多的人，德国也有的是小麦和牛肉。可她触摸不到他。他以一种体贴入微的屈尊态度对待她，而这种态度往往适用于那些因为太老而无法理解这个时代的人。

在艾克放暑假期间，奥尔加发了高烧，躺在床上，心想大概得了流感，第二天早上醒来，她却听不见了。医生尝试了各种各样的办法，后来奥尔加问医生是否有治愈的可能性，如果没有，干脆让她慢慢适应自己耳朵已聋的事实吧。

她五十三岁的时候被学校辞退了。学校反正想要摆脱她。她和新时代格格不入。要不是她必须停止工作，她是不会离开教师岗位的。可她早就想到了是纳粹要辞退她，自此以后，她觉得学校变得越来越陌生。而且她当老师已经当了三十多年——或许也已经够了。

由于当地的聋哑学校拥有良好的名声，她搬到了布雷斯劳，她的唇语因为她的语言能力和丰富的词汇而达到了炉火纯青的水准。从那所学校毕业后，她很想待在城里——她在乡下待的时间够长的了。可她后来还是搬到了一个生活成本更为低廉的村子里。她是个很有天分的技巧娴熟的裁缝，自上了师范学院以后,所有的衣服她都是自己缝制。她在布雷斯劳找到了顾客,有时直接在一些顾客家里干活,有时她把一些顾客的衣服带回家,过几天做好后再送回去。她乘火车过去要一个小时。

她过着随遇而安的日子,做饭,阅读,照料自己家的花园,有时出去散步。当年的学生、梅梅尔领地的朋友以及他们的孩子,还有艾克偶尔会过来看望她。她每天沉浸在音乐里。她在学校里和孩子们一起唱歌,在教堂里主持唱诗班,弹奏管风琴,偶尔到提尔西特欣赏音乐会。她会阅读总谱,在脑海里弹奏音乐,可这是一种可悲的慰藉。她也很喜欢大自然的声响,比如鸟儿的啁啾,风儿的怒号,大海波浪的拍打。她喜欢夏天被鸡鸣声叫醒,冬天被教堂的钟声叫醒。她很高兴自己再也听不到喇叭声。有了纳粹,世界变得喧嚣起来;他们到处安装喇叭,演讲声、行军声以及号召声从喇叭里翻来覆去地传出来,缠住人不放。不过尽管什么都听不见很可怕,但和这些可怕的东西在一起,人们再也听不见那些美好的东西了。

25

一九四五年二月,战争的硝烟弥漫到了奥尔加所在的西里西亚村庄。村长处变不惊，劝告他们留下来，但一天早晨他自己却逃之夭夭了。奥尔加听不到前线的动静，不过其他人听得到，于是她和人们一起行动起来，收拾好行李一走了之。当军队随着卡车和装甲车一起到来时，她已经离开了大街，当低空飞机到来时，她躲进了壕沟里。后来她终于乘上了火车，但火车头却被一枚炸弹击中而爆炸了。

在大街上人们急促而又紧张的脚步中，在装甲车履带的隆隆声和碾压声之中，在低空飞机哀号似的啸叫之中，在机关枪的嗒嗒声之中，在逃难者一股脑地寻找掩护的过程中，在他们受伤后的吼叫声之中，在火车头锅炉被砸开后的爆炸声中，在战火的呼啸和轰鸣之中，奥尔加却被万籁俱静所淹没。她听不到人们的惊慌失措，他们目瞪口呆的脸上没有发出吼叫，装甲车默不作声地开出一条路来，飞机是悄无声息的阴影，从逃难者头顶上一闪而过，中弹处呈直线状扬起小小的尘土旋涡，直至某个人被击中，然后毫无怨言、俯首帖耳地倒下，或者在壕沟里猛然直起身子，而火车头无声地炸成了一个五光十色的火球。

当火车头爆炸，列车停运，她和其他人不得不步行继续向前时，天开始飘起雪来。雪起先轻轻地下着，几乎看不到雪花。后来逐渐下得密集，路也变得湿漉漉的，雪深至膝盖了。

每迈出一步,都格外花费体力,每迈出一步,都是一种折磨。加上又起风了,假若风不穿越森林,就把雪犹如针一样刺到人的脸上。当夜幕垂下,既看不到目标,也看不到灯光时,有些人就打起了退堂鼓。他们躺下休息,就在路边上,躺在一棵树下或者洼地上,侧着身子或者仰卧着,头下枕着旅行背包,就像躺在床上睡觉一样。奥尔加在什么地方看到过,有的人在雪地里累了,坐在一棵树旁稍稍休息一会儿,就会感觉不到寒冷,永远地睡过去。她想,那一定是美丽的死亡。现在她看到他们躺在那里,至于他们是还在睡觉还是已经死亡,那都无所谓了。他们的内心得到了平复。他们邀请奥尔加一起躺在那里——到他们那里,到赫伯特那里。赫伯特也是在雪地里死去的。可想到赫伯特的死,她马上愤怒了,想到他在前往一座岛屿的路上愚蠢地死去,而没人愿意在这座岛上生活;或者他是在前往一个通道的路上死去,而谁也不愿意穿越那通道;或者他是在前往北极的路上死去,北极这个地方曾在赫伯特愚蠢的脑袋里始终挥之不去。她怒不可遏,于是继续往前走。不,和赫伯特一样,她也不想死去。

奥尔加跟着众人去了西部——他们步行,坐马车,再坐卡车,坐火车。大家一定知道要上哪儿去,她对自己说,如果他们不知道,那她也不知道何去何从了。她在德国投降前越过了易北河，接着越过了美茵河，接着又越过了内卡河。这座城市没有被摧毁。一路走来，房舍被炸毁和烧毁，纷纷坍塌，大街上、花园里和公园里的树木被烧成灰，烟囱或者教堂尖塔或者地面防空掩体矗立在成为废墟的荒野上，人们像老鼠一样钻进逼仄的地下室里苟且偷生。在见识了那么多的城市之后，奥尔加有了一种宾至如归的感觉。

难民局分给她一间房间，她一天之内就将很少的家当布置好了，并且怀着惊叹兴冲冲地在城里兜了一圈。途经主街时，她路过一家照相馆，不由分说地走了进去。那张照片展现的是一个身材魁梧的女人，长着一张明朗而坦诚的面孔，唯有眼角和从鼻翼到嘴角处有皱纹，还有那全神贯注的目光和坚毅的嘴巴。她那一头依然浓密的白发，正如作为小姑娘在坚信礼前一天拍摄的那张照片一样，被盘成了发髻。她穿一条有白领子的黑连衣裙，不是高领，而是稍稍低了一些。她并没有倚靠着什么，也没有支撑着哪里，她很随意，右手垂下，左手靠在胸前，是一种庄严的姿势。没有任何东西，脸上没有任何紧张或拘束的神情或者任何举止，让她看起来像聋子。

她做缝纫活儿又快又好，不久就有了足够的顾客，但除此之外和外界没有任何接触，逃难之后，她的生活要比之前更加孤独寂寞。她想通过红十字会寻找来自梅梅尔领地的朋友，但始终毫无进展。她对历史和政治感兴趣，定期仔细阅读报纸，从公共图书馆里借来书和总谱。她也发现了自己对电影的喜爱，思考自己无法用唇语读出的东西让她有种满足感。

她在许多个家庭做针线活儿，直至二十世纪五十年代初期领取了一笔微薄的退休金，那是她作为在当时的普鲁士教育系统下的国民学校教员应得的，而因为资料丢失和档案被毁，她曾经为此来回折腾多时。后来，她只在我们家做针线活儿了，她感觉在我们家特别受欢迎。她在这里赚的钱算是她的额外收入。

第二部

1

她每隔两三个月就会过来待上几天。她把叔叔阿姨们脱下来的连衣裙、短裙、女式衬衣、夹克、裤子和衬衫改得适合我的姐姐们和大哥穿，如果我大哥穿不下了，那就改成适合我穿的尺寸。她修补那些被铁丝网或者有棘刺的篱笆或者滑雪棍撕破的洞眼，把料子垫在下面，缝上皮革补丁。她把睡坏的床单从中间剪开，然后从它的边缘重新缝合。她也补缀长袜、短袜，如果我的母亲没有时间做这种活的话——母亲其实不想苛求她做这些，因为这有损于一个女裁缝的尊严。

她一来，那台缝纫机就从父母的卧室里被搬出来，放到餐厅兼琴房的窗口。那是一台"百福"牌缝纫机。浅色木头上的名称嵌在护罩的暗色木头之中，在熠熠发光的黑色机器中闪着白色的光芒，成为由哑光的黑色铸铁组成的图案的一部分，而这块铸铁在桌面下同导杆和踏板相连。我的哥哥姐姐们讨厌这台缝纫机，因为它使房间变得局促，妨碍我们弹钢琴、拉小提琴和大提琴了。可我却喜欢这台缝纫机。我觉得它就是一台神奇的机器，犹如厨房里那只有着白色搪瓷表面和黑色操作台的炉灶，被焦油浇湿的大街上那台蒸汽压路机，附近广场上停放的那些黑色出租车，以及车站里那些黑色的机车和绿色的车厢一样。

于是这种噪声就来了！啪嗒，啪嗒，啪嗒，啪嗒，啪嗒，啪嗒，明亮的敲击声，低沉的咝咝声，轻微的吧嗒声，它们缓慢地提高，越来越迅速，直至节奏均匀地摆动，如同一辆机车隆隆地快速运转一样。然后越来越慢，为的是马上重新加速或者渐渐停息。奥尔加·林克，母亲叫她奥尔加，我们其他人叫她林克小姐，她在家的时候，我就在餐厅里练琴。我不得不上幼儿园时痛哭了三天，直至母亲自言自语道，上幼儿园不值得我流泪，我在和哥哥姐姐、吃饭时才会回家的父亲、父亲常常带回来的客人、年轻女用人以及偶尔遇上的房客待在一起的这个大家庭里，一定要学会多关心社会。

为了对抗缝纫机的噪声，我把自己的火车推到铁轨上，用积木搭建机器和工厂，或者直接玩起了缝纫机的游戏：我坐在母亲的小板凳上，将零碎布片推到一只高凳上，然后用脚敲击地面。

我好长时间一直不明白林克小姐耳聋这件事。母亲多次试图给我解释耳聋意味着什么。可凡是我能做的一切，大人们也能做得了——林克小姐怎么可能听不见呢？母亲让我捂住耳朵试试。可林克小姐并没有捂住耳朵呀。

有时候，我对她大喊大叫，因为她不回答问题或者对我提出的要求不做出回应。我不敢像被家人置之不理时所做的那样揪住她，教训她。可是，在她继续做刚才所做的事情时，我的叫喊声越来越大，直到她无意间抬起头来。然后她平静而担忧地说"费迪南德"，问我怎么了，这使我不知所措起来，我也忘了自己要问什么或者有什么要求。

五岁时，我得了慢性中耳炎。我的耳朵很疼，发出轰鸣、敲击声，还在流脓，被堵塞了很多天，无法听到来自遥远的远方的噪声。母亲带我去看耳科医生，那位医生用可怕的仪器往我的鼻子里吹气，用清水冲洗我的耳朵，吹气和冲洗一样糟糕，都是对我头部的侵入，不是疼却很粗暴，我哭泣着抗拒这种行为，虽然母亲在家里把一块甜点放到我的红色小挎包里，答应我，只要我这一次不哭不闹，就可以在回家路上吃。我听话了一会儿——直到脓塞满了我的耳朵，把那些噪声推到了越来越遥远的远方。

2

小时候，我常常生病，即便在中耳炎痊愈以后也是这样。我反复得的病是支气管炎，一生这个病，我就得在床上待上好几周。

我想起病房里的寂静和来自房子里外的沉闷的噪音，姐姐的小提琴或者哥哥的大提琴断断续续的演奏声，花园里玩耍的孩子的叫嚷声，大街上一辆卡车的啸叫声。我想起那种光与影的游戏，树枝施魔法把它变到我房间的被子上，我也想起那种淡黄色的光，它在汽车驶过时从我那黑漆漆的房间一闪而过。我还想起患病期间感觉到的那种孤单寂寞。我阅读了很多书，也喜欢阅读，母亲给我找了各种各样的活儿，让我学习聚特林字体①，把旧衣服拆开，它们又可以缝制出新衣服来，然后我还要坚持温习学校里讲授的功课。可我想到别人家里做客，参加聚会，和他们闲聊。

母亲和哥哥姐姐们并非不关心我。可母亲有很多事要做，包括许多家务活。作为牧师太太，她还有很多女人和年轻女

---

① 1935年至1945年在德国学校使用的德语手写体。

孩圈子里的事，而我的哥哥姐姐们要上学，有音乐课，有交响乐队、合唱以及体育课。他们来了，在我的床沿匆匆坐上一会儿就走了。有时连父亲也过来，如果我不把大腿马上挪开，他就叉开腿沉重地坐到我的大腿上。他说了几句话就陷入沉思，尤其是在周六下午，他因为要看望我而中断了布道的准备。女人们的到来满足了我对聊天的需求，她们在我们家房子里进进出出，很喜欢坐到我跟前。

那名清洁女工来了，她一遍遍地和我说，自从她见识了人的可怕之处以来，她就喜欢上了动物。她带我去教堂落成纪念日仪式，和我一起爬上魔鬼宫和旋转木马，我生病时就给我朗读《格林童话》，而且特别喜欢朗诵其中那些残酷无情而骇人听闻的童话；那位教堂司事的妻子替她酗酒的丈夫做工作，挽救了这个职位，为了商讨教会和礼拜事务而来到我们身边。她没有孩子，对我很感兴趣，向我讲述酒精的诅咒。那位儿科女大夫神秘莫测，我们常常得寻找她或者请她来到我的病床前，她是我认识的唯一的犹太女人。她的门诊女助理在第三帝国时期将她隐藏起来，救了她的命，我和她们如此亲密，通常情况下我从来没有和女人经历过这种感情；父亲一个流亡自俄国的朋友总是和他的妻子以及精神错乱却又心地善良的女儿，在我们家无忧无虑地住上几天或者几周。

俄国人就是这样享受这种热情好客。他的妻子在病床上向我讲述革命前和革命时的圣彼得堡生活,讲述那段激动人心的旅行。在这次旅行中,哥萨克人受到她父亲的委托,将她从圣彼得堡带到敖德萨再乘船前往法国。父亲第一个妻子的妹妹常常过来做客,她很乐意继承去世的姐姐的遗产,嫁给我那变成鳏夫的父亲,她用洗血器和灌肠折磨我,然后拿舒曼根据海涅因仰慕拿破仑而创作的《两个近卫兵》所谱的《浪漫曲》同我和解。

3

林克小姐在家的时候,如果发觉没有其他人陪我,她就坐到我身边做缝缝补补的活儿。她给我讲述西里西亚和波美拉尼亚的童话、山妖的传说以及那个老弗里茨的轶事。和所有孩子一样,我也喜欢翻来覆去地听这些同样的故事。

有些轶事是关于老弗里茨和他的长笛的。我也希望吹得像他那么棒。他对长笛的喜爱对我是个鼓励,促使我更加频繁、更加用心地练习——有一段时间,长笛成了我最好的朋友。老弗里茨后来将长笛随身带到战场上去了,却又无法吹奏,因为痛风折磨着他的双手。等他回到波茨坦,重新拿起长笛时,他再也拾不回往日的爱好。于是他把自己所有的长笛装起来搁到一边,以悲痛欲绝的语调说道:"我失去了我最好的朋友!"

当我渐渐长大,开始阅读《鲁滨逊漂流记》和《格列佛游记》,随斯文·赫定①穿越亚洲的沙漠,随罗尔德·阿蒙森到南极去时,林克小姐就和我讲述赫伯特的旅行和冒险。她没有提及反抗赫雷罗人的战争;正如命运驱使赫伯特去了阿根廷、卡累利阿、巴西或者别的什么地方一样,他也旅行到了德属西南非洲。她讲述沙漠、海市蜃楼、燎原之火、被蛇咬过的伤口,讲述那些仪态万方地从金色的水面浮出然后又在水上着陆的天鹅,讲述和大雪的抗争。她没有谈到他在斯匹茨卑尔根群岛和东北地岛的经历。当我问她,他究竟是怎样的结局,她说,他在最后一次旅行之后没有回来。

她栩栩如生地讲述着,总是看着我,好看到我是否想问点什么或是说点什么,所以我是正对着她的目光。她并不是坐在床沿,她把一张椅子拉到床边,笔直地坐着,双手放在膝间。

林克小姐不仅仅和我讲故事。当她来到我床前,而我恰

---

①斯文·赫定(Sven Hedin,1865–1952),瑞典地理学家、探险家。

好发烧时,她就给我多盖上一条被子或者将一块湿冷毛巾放到我的额头上做冰敷。她举手投足间从容不迫,散发出薰衣草的芳香,她有一双温暖的手,魁梧的身材给人镇静之感——我喜欢她的亲近和抚摸,试穿衣服时也一样,当她让我试穿夹克衫是否做短了或者做紧了时,或者寻找合适的地方为磨破的肘关节打补丁时,便用她的手抚摸我的后背和胳膊,而当她离开我的时候,则会抚摸我的头。

有一次,想必是我已经上高级文理中学一年级或二年级的时候,母亲请林克小姐上我们家待几天,把我托付给她照料。姐姐们跟合唱团外出演出,哥哥住在农村的寄宿学校,家里那两个从家政学校来我们家进行半年校外实习的保姆,其中一个已经走了,另外一个还没有来,而母亲去陪父亲参加国外的一场会议。母亲能说英语和法语,父亲却不会,当时并不是所有的地方都有口译,所以他需要她。对各种会议中涉及的教会的统一问题,她和他一样觉得很重要。

我们过了几天安静的日子。只要找得出时间,母亲总会弹奏钢琴,早上是赞美诗,白天是莫扎特和贝多芬的奏鸣曲以及肖邦的音乐会练习曲,我的哥哥姐姐们定期在各自的乐器上练曲子,我们一起演奏室内乐,一起唱歌。父母犹豫了很久之后终于在时代精神面前缴械投降,他们购置了一台收音机，订阅了一份无线电杂志，有时候还安排一台无线电音乐会作为家庭的晚间节目。和林克小姐在一起的那几天，所有这些事情都没有发生。当我练习吹奏长笛时，声音听起来太大，我感觉不舒服，就停止了练习。打开收音机听的话，林克小姐听不见，她无法参与其中，我觉得这样并不友好。我们彼此说话，但这种说话不像我们平时坐在桌旁那样兴致勃勃地没完没了，而是全神贯注地交换消息。我们常常在吃饭时默默无言。

我感觉到林克小姐的好意。我从学校回家，她已经为我做好饭。柯尼斯堡肉圆，卷心菜肉卷，芥末鸡蛋，烤饼。她从哪儿知道我喜欢吃这些东西的？母亲反对娇生惯养，一定不会叫林克小姐给我做我喜欢吃的饭菜。林克小姐想必是多年来一直记着我们一起吃午饭时，哪些是我特别爱吃的。

晚上，我们坐在长沙发上，她在讲故事。我转向她，有时她搂住我的肩，拉我到身边，我感觉到她的亲近，有种既温暖又受宠的感觉。

4

她开始讲述赫伯特的故事，因为我在阅读旅行故事和冒险故事,而赫伯特旅行过,也经历过冒险。然后她就说起赫伯特的故事,因为我也到了赫伯特、维多利亚和她成为玩伴的年纪。我倾听他们在庄园和村里的生活,像是国民学校、坚信礼课、赫伯特的狗儿和他奔跑时的快乐,他们一起玩耍、散步和划船的经历。她讲述因为自己缠住他们不放,那位管风琴师只好教她管风琴,讲述老师借给她图书的事。

我渐渐长大之后,开始和父母发生冲突,尤其是和母亲。我阅读不该看的书,观看不该看的电影,我的朋友们穿牛仔裤、抽烟、喝白酒,我想和他们混在一起,在游泳池和冰淇淋店里一起消磨时光,不再想在每个周日去做礼拜,在学校里的表现也变得越来越差。

我觉得父母必须明白我只是想尝试一下不同的活法,他们觉得我为人处事欠考虑、不负责任。他们不是特别严厉的父母,但那是五十年代,看一部碧姬·芭铎[1]主演的电影,在他们看来就是代表恶习,看一部布莱希特[2]的戏剧就是支持共产主义,而穿牛仔裤不仅毫无必要——因为我还有足够的像模像样的裤子可穿——而且是对社会表示不满。当我也

---

[1] 碧姬·芭铎(Brigitte Bardot,1934—),法国演员、歌手、模特,主要作品有《上帝创造女人》《穿比基尼的姑娘》等。
[2] 贝托尔特·布莱希特(Bertolt Brecht,1898–1956),德国剧作家和诗人。

开始怀疑阿登纳[①]的政策,并且想和通过一次次投票给予其支持的父母谈谈时,父亲认为我是在抨击世界,而这个世界是在可怕的纳粹消失之后他参与重建起来的。母亲想让我们父子和解,说他只是出于好意,而我也并无恶意。可我们并没有和解,而是翻来覆去地进行同样的争执。我的哥哥姐姐们更聪明,他们懂得回避而不是叛逆。

有时,遇到这样的情况,祖父母会给我解围,说那些冲突慢慢就会消失掉,为此情绪激动是不值得的。他们比父母更沉着,因为没有教育我的使命和责任。他们经常向我传授经验。我的祖父母住得很远。可林克小姐在家时,她就乐意停下缝纫的活儿,会心地倾听我的话。看到我抽烟、酗酒和穿牛仔裤,她只是微笑着摇头。尽管她也觉得我对政治的想法无疑不够成熟,但她还是一本正经地倾听,不仅是因为她选择了奥伦豪尔[②]而不是阿登纳,也不仅因为她作为退休人员加入了工会,还因为她和我的父亲一样,没有觉得五十年代的世界是牢不可破和命中注定的,而是充满着不确定性。此外她几乎像喜欢海涅的诗歌一样喜欢布莱希特的诗歌。

[①]康拉德·阿登纳(Konrad Adenauer,1876-1967),德国政治家,二战后担任第一任联邦德国总理。
[②]埃里希·奥伦豪尔(Erich Ollenhauer,1901-1963),德国政治家,1952年至1963年间担任联邦德国社民党主席。

不过她无法理解我在学校的成绩越来越差,因为她对其他的一切表示理解或者冲我友好地耸耸肩,我不能对她的反感不屑置辩。她谈到希望自己上高级女子中学却未能如愿,于是不得不独自完成高中课程。学习是一种特权。自己能够学却不愿意学,那就是愚不可及、随心所欲、狂妄自大了。所以我在学校里变得越来越差是绝对不行的。

5

当我也开始对女孩感兴趣时,母亲变得不安起来。她说天哪,你不可以过早地恋爱,过早地订婚。她记下我看了什么书,因为我随费利克斯·克鲁尔一起睡到了女人的床上[①],随于连·索黑尔一起引诱德·瑞那夫人和玛蒂尔德[②],随聂赫留朵夫一起使村姑喀秋莎变成妓女[③],因此她感到很害怕。

林克小姐很爱听我说喜欢上了哪个姑娘,我又如何让姑娘喜欢上我。她提及赫伯特和她如何互相追求,然后彼此拥有。她说追求需要时间,虽然同居了未必就要结婚,但一定

[①] 德国作家托马斯·曼的长篇小说《大骗子克鲁尔的自白》中的故事。
[②] 法国作家司汤达的长篇小说《红与黑》中的故事。
[③] 俄国作家列夫·托尔斯泰的长篇小说《复活》中的故事。

是彼此追求，互相了解的。

我注视着林克小姐，试图以埃米莉的年纪想象她——埃米莉就是我爱上的姑娘。她说正如埃米莉不化妆那样，她那时也不化妆。她和埃米莉一样穿着普通的衣服。她那时的身材比埃米莉的更强壮，她的脸蛋更扁平，她的头发更发黄——我可以猜出很多东西的真相，可我还没有看到过那个年纪的她的样子。那张坚信礼前一天她、赫伯特和维多利亚三人拍摄的照片，直到后来我才看到。

我希望奥尔加和赫伯特彼此追求了很久。埃米莉很冷淡，我追了她好长时间，她才允许我邀请她去看电影。一年后，她给了我初吻，双唇在我的脸颊上匆匆而轻微地倏忽飘过，然后就登上了有轨电车。下一次见面时，我在看完电影后搂住她，她顺势将头靠在我的肩膀上，我们在车站上亲吻，一直吻到有轨电车进站。我们一起看电影、听音乐会或者看剧，但最重要的是之后的温存，在黑漆漆的、空荡荡的校园里，在教堂旁边的公园里，在河畔，我们一直亲吻到两个人的舌头火辣辣的生疼。

我们在家人和朋友面前保守我们恋爱的秘密。我们想为自己留住这个秘密。可是当奥尔加提及赫伯特没有带她去而她也放弃参加的那个新年庆典时，我就觉得我和埃米莉之间的秘密仿佛是一种背叛。海蒂·布吕尔[①]唱道:"我们永远不想分离,我们希望永远在一起。"当我和埃米莉度过一夜之后回家时,我也独自轻轻地哼唱着这一句。我把埃米莉介绍给我那不情不愿的父母、好奇的哥哥姐姐、我的朋友们以及林克小姐。两年后,当埃米莉为了一个大学生离我而去时,我在所有的人那里找到了安慰。他们都说她是一个好女孩,可是——每一个人都有一个理由,说明为什么对我而言她不是合适的人选。唯有林克小姐没有理由,而是说,人生就是一串不断在丢失零部件的链条,我必须及时学会恢复平静。

6

高中最后几年,如果下午我在家,林克小姐在做针线活儿,我就会给两个人煮杯咖啡,然后坐到她身边。她向我讲述师范学院的经历,她在波美拉尼亚的第一份工作,她后来在尼曼河畔的工作,女教师在皇帝治下和在共和国的待遇,她在女教师协会里做的事情。她还讲述了赫伯特的旅行和他们共同度过的时光。

[①]海蒂·布吕尔(Heidi Brühl, 1942 – 1991),德国女歌手、女演员。

"我们曾经比你们更有耐心。许多人当时经年累月地分离，其间只能匆匆团聚。我们不得不学会等待。如今，你们可以驾车或乘车、坐飞机、打电话，以为另一个人永远可以等待。然而在爱情中，另一方不会永远在原地等待。"

林克小姐如此泰然处之地回想和赫伯特的分离，说明他对远方的渴望留给她的是不快的回忆。年轻的赫伯特身上的这种渴望激动人心，而年长的赫伯特身上的这种渴望则荒谬绝伦。"在那沙漠——由沙子组成的沙漠里，他想挖掘水井，建造工厂，而在由冰天雪地构成的荒野里，他想考察那条海路，征服极地，可这所有的一切都太过伟大，这也只不过是无稽之谈。他不想在荒野里做任何事情，他想要迷失在荒野里。他想要迷失在远方。可远方什么也没有。他想要迷失在虚无里。"

"您问过他吗，为什么要……"

"哦，孩子，"她如此称呼我，"我们并没有谈论过艰难的东西。当我们在一起，当我们终于在一起时，他惶恐不安。他始终惶恐不安。这种惶恐不安在他身上奔腾，我也不得不紧跟着奔过去，只能上气不接下气地喘息着说出我想说的话。"她摇摇头。

这时候，只要谈起赫伯特，她就会提及他在一次准备不充分和计划执行得不到位的北极探险中丧生了。她也会提及那次针对赫雷罗人的战争，谈及在一战中赫伯特寻死，而死神并没有在冰雪中找到他，然后提到第二次世界大战。她认为俾斯麦开启了灾难之旅——自从他将无法骑行的德国定义为一匹太伟大的马之后，德国人希望他们的一切都必须是伟大的。尽管俾斯麦并没有重视殖民地，但是她要俾斯麦对赫伯特脑海中的殖民地梦想，对赫伯特关于北极的荒唐想法、艾克关于生存空间的幻想以及世界大战负责。她也认为重建计划和经济奇迹显得太伟大了。

我在历史课上还没有学到帝国的建立，也还没有听说过德国的一切都显得太伟大。我也不知道该对赫伯特想迷失在虚无里抱持何种态度。我了解这种虚无的感觉，不知道追求什么、为什么工作、相信什么以及真正心满意足地爱什么的感觉。将这种感觉转化成哲学——我设想这就是虚无主义。可是赫伯特这种对虚无的渴望，一定是另外一回事了。

7

林克小姐上我们家来的最后几年，还做一些缝缝补补的东西，有时却不干活儿，在那里傻傻地坐好久。她缝一个贴边，缝到了料子的顶端仍然没有停下来，然后将线缠在一起，不知所措、满怀忧伤地坐在那团线前面。她穿线时身子向后靠，无所事事，目光从窗口转向那条悄无人烟的大街。有时她睡着了，头耷拉在胸前，直到觉得脖子疼了才醒过来，说道："你们需要另外找一个裁缝了。"

但缝缝补补的时代已然一去不返了。我哥哥不再穿那些稍加改动就可以再穿的裤子、夹克和衬衫。我那省吃俭用的母亲找到了一家二手商店，那里有足够合身的衣服给我穿，林克小姐这样的人就用不上了。反正哥哥姐姐们马上就离家了，我也在高中毕业后从家里搬了出去。

林克小姐对缝纫活儿厌倦了，我们想，因为她老了，人也累了。可是她的精神反而开始抖擞起来，仿佛告别缝纫使她获得了解放。她只是为自己而活。

在租来的房子里住了多年之后，她从政府建造的五层公共楼房中得到了自己的一套房子，两个小房间加厨房、洗澡间和阳台。铁路货运站在那幢住宅楼旁边，她喜欢远眺那些铁轨、那幢古老的调车大楼以及那座古老的水塔。夏天，她坐在阳台上，把一个栽花用的长木槽变成了一座繁花似锦的小花园。

她终于把自己想读的书都读完了：古典的和现代的，小说和诗歌，有关妇女史、盲人史、聋哑人史、帝国史和魏玛共和国史的书，那些她在管风琴上演奏过的以及她很想演奏的音乐总谱。她上电影院，看那些台词不多而剧情密集的电影，舞蹈片、冒险片，美国西部惊险片。她继续支持社会民主党，五月一日参加工会游行，在节假日上教堂。

每隔几周，母亲总要在星期天邀请她共进午餐，我过去接她，再把她送回去。我的一个叔叔送给我一辆旧欧宝车，他不想将这辆旧车折价卖出。平时我偶尔也过去接她，我们一起做些什么事，比如欣赏一部电影，参观一处展览或者一处古迹，在饭馆里吃顿饭。我的祖父母已经过世，在我的童年时代，我在他们那里度过了最幸福的假期，我非常喜欢他们，也常常去看望他们。在我的生命里，有一个地方总是空荡荡的。

她很喜欢让我陪她一起参观邻近城市的艺术博物馆，她在那些博物馆里总是喜欢观赏同样的画作。那些绘画作品被当年作为年轻女子的她视为艺术瑰宝，从安瑟尔·费尔巴哈[1]、阿诺德·伯克林[2]，到印象派，再到表现派。她最喜欢

---

[1] 安瑟尔·费尔巴哈（Anselm Feuerbach, 1829-1880），德国新古典主义画家，长期在意大利活动，人物形象和构图具有希腊古典艺术的高尚和简洁。
[2] 阿诺德·伯克林（Arnold Bocklin, 1827-1901），瑞士象征主义画家。

的一幅画就是爱德华·马奈①的作品《枪杀马克西米利安皇帝》。

"您为什么喜欢这幅画？"

"那个皇帝放荡而可笑，可还是赢得了我们的同情，那位画家想要批评拿破仑的政治冒险，却只能神化它，这幅画非常伟大，我们必须学会欣赏它。"

有时候，她会突然陷入对过去的回忆。在一家文具店的橱窗前，她想起了索恩耐克公司的自来水笔。"这支水笔连同我的手表和戒指在逃难时被偷走了，不是被俄国人，而是被德国人偷走的。不过我很幸运。别的女人在逃难时被偷了很多东西。"溜达到市场上时，一名男子牵着一条狗向我们迎面走来，于是她站住不动了，目光一刻不停地对着那条狗看，这是一只黑色边境牧羊犬，有白色的脖颈、蓝色的眼睛。"赫伯特的狗和它长得一模一样。"她把手伸向狗儿，它对着她的手嗅了嗅，并让她抚摸自己。有一次看完电影回家的路上，空中挂着一轮满月，她想起了学校。"我和孩子们一起唱过《森林在沉睡》，不过这首《月亮升起来了》②更美。我真想把所有的歌曲都教给他们。"

---

① 爱德华·马奈（Édouard Manet，1832–1883），法国印象主义画家。
② 根据德国诗人马蒂阿斯·克劳迪乌斯的同名诗歌谱曲。

有一次去路德维希高地踏青归来后，我们坐在一家咖啡馆的露台上，突然之间她不再说话，直愣愣地盯着隔着几张桌子的一位年长的女士和一位年长的男士看，那位女士白发苍苍、身材丰腴，那位先生秃头、身形瘦削，两个人都穿着考究。她站起来，朝着他们走了两三步，然后站住了。她以那独有的笔挺姿势站着，后来摇摇头，垂下了肩膀。我不禁站了起来，她使了个眼色表示拒绝。她只想离开。

"怎么了？"一直等到我们坐进汽车，我才开口问道。

等我把车停在她家的房子前面时，她才回答道："这个女人是维多利亚……那张噘着的嘴巴……那种傲慢的眼神……"然后她就开始讲述当时维多利亚怎么想让她和赫伯特分手的往事。

"她后来怎么样了？"

"你不是已经看到她了吗？她挺过了一切，一战、二战、轰炸以及通货膨胀。她是那种能挺过一切的人。"

8

有时我们驾车去奥登瓦尔德或者哈尔特瓦尔德山区，然后徒步旅行。林克小姐手上有徒步漫游地图，她会提前做好计划，指挥我开车到哪儿，我们该走哪些路。

她走的一些路我也认识，我可以趁机和她聊一聊。父亲每年带我们这些孩子周末出去散步两次，好问问我们平时都干了些什么，学了些什么，读了些什么，又想了些什么。母亲喜欢说话，对她而言唯有说话的对象才是真的，而她和沉默寡言的丈夫又说不上那么多话，因此她就利用每次一起购物、参观、做礼拜的机会，和我们这些孩子谈天说地。即便在徒步漫游时，她也主要是和朋友们交流。我和林克小姐在徒步时无法边走路边说话。为了能听懂我的话，她必须和我面对着面，看着我的脸，读出我的唇语。

所以，我们默默地走着，她偶尔发出轻微的嘟囔声。我过了很久才习惯。然后我就喜欢上了这种状态。没有了谈话作为消遣，所有的一切都可以看得到和听得到！青草和鲜花，绿色的树叶和五彩的树叶，甲虫，鸟儿的啁啾声，树林里的风声。也有刚刚砍伐的含树脂的木料的气味，以及存放了很久的霉烂的木料的气味，夏末蘑菇的气味，秋天开始腐烂的树叶的气味。我们也有足够的思考的时间，因为我和林克小姐是在以我们的方式对话。我们坐到一张长凳上并不是为了休息或者野炊，而是因为我们想说点什么。有时我们一看到长凳就坐下来。林克小姐侧身坐着，用侧鞍骑乘的坐姿，我则是两腿分开坐着，面对着她，我们就这样将在上一张长凳边结束的谈话继续下去。

要是她累了，不想徒步远行，就喜欢让我开车带她到王座山，那是海德堡上方的一座山，上山时一路坦途，在山顶可以远望西方。我们看得到莱茵河两岸的房子，看得到烟气袅袅的烟囱、巴登苯胺苏打厂雾气腾腾的冷却塔，以及平原另一头的群山。当时平原上还有许多果树，春天时田野上盛开着白色和粉红色的花朵，秋天时树叶光怪陆离、五彩缤纷，冬天时则是白茫茫一片。一天晚上，浓雾遮蔽了乡村、城市和工厂，淹没了从我们站立的那座山直至遥远的群山之间的那块平原，红彤彤的太阳沉到了群山背后，不知不觉地将浓雾染红。天很冷，想必是暮秋或是初冬的夜晚，我们感到寒冷，却不想和眼前的美景分离，直至它渐渐消失。

9

到城市的墓地里溜达，她永远不觉得太累。这座城市大约有十几处墓地，林克小姐都很熟悉，但某些墓地她特别喜欢，像贝格墓地、荣誉墓地、犹太墓地、城门前的农民墓地。在贝格墓地——这座城市最大的墓地，她喜欢这里各式各样的道路、墓碑、陵墓；在荣誉墓地，她喜欢穿过石制十字架看田野通往天空的地带，天空起先向上伸展，继而倾斜。在犹太墓地，她喜欢古老高耸的树木掩映下的黑暗；在农民墓地，她喜欢相邻的田埂上的虞美人和矢车菊。她也喜欢贝格墓地的鲜花，到了冬季更是喜欢覆盖道路和坟墓的大雪，雪花纷纷扬扬地飘到天使和妇女雕像的脑袋、肩膀和翅膀上。

我们聊得不多，比我们在散步时聊的都要少。林克小姐奇怪地停住脚步，对一块墓碑、一个名字或者一株植物评头品足一番，注视着我，然后我就做出反应。或者我静静地听着我们的脚步声、鸟叫声，偶尔也能听到某种园艺工具的当啷声或者挖掘墓穴的机器的轰鸣声，或者参加葬礼的一群人的说话声和歌唱声。

我原以为知道林克小姐为何喜欢穿越墓地。她一生中失去了那么多的人，也无法去他们的墓地看看，因此想站在陌生的墓地之间和她的那些亡灵对话，和赫伯特、艾克、她在梅梅尔领地的女邻居、她的祖母和父母——虽然她很少谈及父母，但总是想起他们。我明白这一点。我喜欢站在我的祖父母的墓前，为的是要跟他们说一些感谢的话，说我想念他们。可当我和林克小姐谈起这件事时，她的心里却有不同的想法。

她站在陌生的墓地间，并没有和她的那些亡灵对话。她喜欢穿越墓地，是因为在这里所有的人都是平等的，无论是强者还是弱者，无论是穷人还是富豪，无论是被爱的人还是被忽视的人，无论是成功者还是失败者。陵墓或者天使的雕像或者巨大的墓碑改变不了任何东西。所有的人都同样地死去，谁也不可能或者想变得更伟大，而太伟大已经完全不可能了。

"可是这个荣誉墓地……"

"我知道你想说什么。这个墓地太伟大，有太多的荣誉，所有的人都应该躺在一起，士兵、犹太人、农民以及那些被葬于贝格墓地的人。"

他们应该躺在一起，使我们回想起我们都是平等的，无论是死亡的时候，还是活着的时候。如果在一次经历了区别对待，充满了特权和歧视的生命之后，死亡残酷地将一切均分，那么死亡就失去了它可怕的一面。

我问她，那些如此生活过的灵魂是否将因为死亡转世到一种新的生活之中。她耸耸肩。她说这种灵魂转世的想象可以使人摆脱对死亡的恐惧。而一个人一旦懂得了平等的真相，他就不会害怕死亡。

她坐在农民墓地那棵大橡树下面的一张长凳上，向我解释这一点。然后她朗声大笑。"我谈到了平等,所以你应该用'你'来称呼我,就像我对你说话那样,你就叫我'奥尔加'吧。"

10

在她看来,比行动更重要的是说话。她也可以独自参观展览,散步,看一场电影。但她想和人交流的时候,只有通过和我们说话才能实现,有时是和我母亲以及我的哥哥姐姐,尤其是和我。

这样的交谈并非是不经意间发生的。在徒步旅行时,一起散步时,我们常常也是沉默不言的。看过一部电影后,我们要等到离开电影院,走上一段路,找到一家饭馆,彼此面对面坐在一起时才会谈论观后感。即便我到奥尔加家做客,也和在自己家或者上朋友家不同。我们一起做饭,摆好餐具,将饭菜摆上桌子,收拾并洗刷餐具,我和其他朋友一起时活泼而健谈,高声说话,可现在这一切都是静悄悄进行的。奥尔加完全可以说话。可当她无法看到眼前人的反应时,她就不愿意说话。有什么要说的,就只能等待,直到我们面对面地坐到桌旁。

她特别想和我谈一些发生在政界和社会上的事情。她每天专注地用批判的眼光阅读报纸。

她一字不落地关注有关德属西南非洲的新闻报道。这类新闻报道本来不多，直至后来德国人对赫雷罗人实施种族屠杀被曝光才多了起来。是否因为她对赫伯特的不满，或者是否因为知道了许多真相，她的反应才十分激烈？"种族屠杀？德国人发动了卑鄙下流的殖民战争，这还不够吗？德国人也和其他人一样吗？"她举起手来。"这其中一定有点什么伟大的东西，这是第一次种族屠杀！"

当东方开放政策①逐渐形成时，她表示支持。同时，她无法忍受她曾经成长、学习、教书、爱过赫伯特、对艾克关怀备至的那个地方已经不复存在。它没有不复存在，我提出了反对意见，人们马上又可以去那里旅行，将来有一天或许又可以在那里生活。可她只是默不作声地摇摇头。

对大学生的反抗，她既同情，又不时讥讽几句。她喜欢传统观念不断被挑战的当下——政府有关教育、自由和公正的大话将不得不面对社会现实，老纳粹分子暴露了真面目，

---

① 20世纪60年代末，当时的联邦德国总理维利·勃兰特推出了"新东方政策"，承认民主德国，先后同苏联、波兰签订条约，承认彼此边界的现状，并与东欧各国建立外交关系。

人们反对拆除旧房和提高票价。不过,我们大学生想要塑造另外一个社会,解放第三世界,结束美国在越南的战争,她又觉得这也太伟大了。"你们也没有好到哪儿去,"她说,"你们想要拯救世界,而不是解决你们的问题。你们也做得太伟大了,你没觉察到这一点吗?"

我没有觉察到这一点,反驳道:"太伟大?或许这个使命的确太伟大了。但我们不是在下赌注!殖民主义和帝国主义很可怕、不公正而且不道德。"

"你们支持道德,我知道。"她充满恶意地看着我。"进行道德说教的人想把事情搞大,同时也要令人舒服。可是谁也没有像自己说教的那样伟大,而道德并不令人愉悦。"

太过火——奥尔加指的是失去赫伯特和艾克这件事,她要俾斯麦对此承担责任,她看到我们这一代人已经尝试过了。我反驳她,指责她赞扬这种微不足道的、毫无意义的、市侩庸俗的东西,而没有将对与错、善与恶的思想区分开来。可是我未能说服她。

11

自从称她为奥尔加之后,我才敢向她提出更为直接、更为私人化的问题。她向我讲述她的儿童时代，以及我的儿童时代，当我越来越大时，她就讲述她生活中的其他事情。但她总是谈论国家大事，而只有我问奥尔加时，我才会知道她内心中的很多东西。

我也想更多地了解她对赫伯特的爱。我想问她对他的爱以及她对他幻想的破灭如何融合起来。我想懂得，爱不是一个人优缺点的总和。

"一个人是否适合另一个人，难道不是取决于品质吗？"

"哦，孩子，不是那些品质成就了两人的结合，是爱情成就了这种美事。"

然后我就想问，爱究竟能持续多久，能超越死亡多久，出于什么原因，她对赫伯特的哀悼在五十年之后依然没有停止。

"我不是在哀悼赫伯特，我是一直和他一起生活。也许原因就在于我失去了听力，之后无法和许多人交流了。那些之前亲近我的人仍然亲近我，比如我的祖母，艾克，我邻村的女友，还有一位同事，几个学生。有时我和他们说话。我也能回忆起另外一些人，像是督学，班上的女生，赫伯特的父母，我弹奏管风琴的那家教堂的那些牧师。可我不和他们说话。赫伯特去世以后，我不希望从今往后还和他有任何瓜葛。可是，即使我听不到声音了，他来敲门时，我还是会给他打开房门。"

然后我问她，为何在赫伯特去世后她没有嫁给其他人呢。

"嫁人？嫁给其他男子要是像嫁给树上的苹果一样该多好。要是好男人像那些好苹果一样多就好了。我在村子里能找谁呀？我可以到提尔西特，在那儿的合唱团一起唱歌或者参加塔劳小安娜节协会，然后在那里找到一个人。可是许多人当兵去了，而留守的不多的几个男人，其他女人早就向他们示爱了。要是有一只苹果落到我的怀里……"她轻轻一笑，然后点点头，"就是这么回事，孩子。如果你没有付出真心，那就不可能将事情做到极致。"

12

读了几个学期之后，我转学到了另外一座城市的另一所大学。我也转了专业，在神学和医学之后，我决定攻读哲学。

就业前景渺茫，虽然父母忧心忡忡地看到了这一点，但还是支持我。因为家里有四个孩子，这样的支持自然力不从心，于是我就在城郊的一家饭馆当服务员。我喜欢那些客人馈赠给大学生服务员以善意的惊讶和丰厚的小费，也喜欢我端着越来越多的杯盘还能保持平衡。有时我会遇到不付钱吃白食的情况，还有人大声吵架，也遇到过斗殴，警察甚至都出面干预。作为服务员，我经历过的最为激动人心的一件事，则是一名男子用一把匕首袭击妻子的情人，后者血流如注，那家酒馆不得不关门停业一天。数周后，那名袭击者和被袭击者坐在一起喝啤酒，前者的妻子不想再和两人中的任何一位产生关系。我一周有三个晚上做服务员，再加上学业和交响乐队的事，日子就满满当当了。

我在奥尔加过生日的时候去看望她，平时也会每隔两三个月去看望她一次。大学城和故乡之间的铁路之旅持续时间很长，这里有许多人需要我付出时间，比如父母、老朋友们，我演奏了多年长笛的四重奏演出小组。我很看重我和奥尔加能有一个下午和一个晚上的独处。有时我们会一起做点事；奥尔加身体硬朗，充满好奇。有时我们在她家里度过一个下午，晚上我带她去饭馆一起用餐。冬天，我们坐在客厅兼餐厅的一张长沙发的角落里，在一幅画着松树、湖泊和芦苇的水彩画下面，那是她在旧货市场上找到的，这幅画使她想起了波美拉尼亚。夏天，我们坐在阳台上，那里恰好摆着两张椅子。铁路货运站里，车厢咕隆作响，机车汽笛长鸣，小花园里芳香飘溢，招引着蜜蜂嗡嗡飞来，充满了田园诗意，可我最近一次探望她时，奥尔加不再满意这种景色。窗前的水塔被炸毁了。

每当和奥尔加告别时，她总是给我带上一些东西，比如一只她烘焙的有巧克力涂层的大理石花纹蛋糕，她做的果酱，或者她烘烤的苹果干。这使我很感动，因此每一次分别对我来说总是那么艰难。奥尔加是那么敏捷有力——她已经到了望九之年，可能会摔倒、心梗或者脑梗，每一次告别都可能是最后的告别。我们在问候致意时互相拥抱，分手时则没有，这一点有些不寻常。她抚摸我的头，正如我还是个孩子时那样。她依然这么叫我：孩子。

13

春天里的一个早晨，母亲打电话给我，说奥尔加躺在医院里，马上要死了，叫我赶紧过去。母亲提及最近发生的一次爆炸，事故中的人受了重伤。她现在无法向我解释细节，让我到车站买份报纸自己看看。

那是头版的头条新闻。周六到周日的夜里，我家乡的城市花园里发生了一次引爆炸药的袭击。这次袭击针对的是俾斯麦纪念碑，但纪念碑并未损坏，倒是一名过路的女子受了致命伤,很可能她是碰巧干扰了袭击的准备,触发了有人仓促设下的引爆装置。加上针对汉堡的阵亡战士纪念碑和埃姆斯的威廉皇帝纪念碑的袭击,这已经是第三次同样的袭击案件。但有人受伤却是首次发生。报纸社论的主题是大学生走上了极端主义和恐怖主义之路。哪里不顾及生命,哪里就必须付出最可怕的代价,而且必须呼吁政府施行严厉而坚决的法制。

我的第一个念头就想到了奥尔加对俾斯麦的态度。她认为俾斯麦对许多事情负有责任,而现在他也应该对她的死亡负责。这件事情有些滑稽可笑、荒诞不经。

我在问自己,如果奥尔加还能笑,她那时是否正在笑。然后我问自己,她夜里路过那个地方时是从哪里来、到哪里去,是否因为耳聋而无法回避那些凶手,她的伤势怎样,她会不会感到疼痛,有没有注射吗啡,我们是不是还能说说话。直到听见母亲在电话里说的话,我才如梦初醒。她说奥尔加快要死了。

我坐在火车上,穿行在蓝天下的春日景色中,嫩绿的森林、开着粉红花朵的果树,那是一种适宜徒步漫游或散步的景致。奥尔加肯定高兴地期待着春天的来临。本来我计划过两周就去看望她的。

我知道她不怕死。我也知道自己无论如何都要失去她了，要么稍早一些，要么稍晚一些。她老了。我在她那里找到了那种好奇而宽容的理解和被人欣赏的爱，这种爱却不要求我有所回报——这种理解和爱在祖父母那里也有，但除此之外在任何人那里都没有，父母那里没有，朋友那里没有，情人那里也没有。我失去了我再也找不到的东西。我失去了和她之间的对话、她的面孔和她的形象、她温暖的双手和她身上那种薰衣草的芳香。她去世以后，我恐怕再也不会回我的家乡了，在她那里，我会感觉就像从前在自己家里一样。

母亲到车站接我，立即带我到医院去。她让我做好思想准备：爆炸撕裂了奥尔加一侧的身体和腹部，严重地损伤了她的器官，因此现在只能尽量减轻她的疼痛，等待死亡的来临。她被注射了吗啡，时而迷糊时而清醒，偶尔还能说句话，但常常无法说出口，她知道自己将不久于人世，也接受了这个事实。她在盼望我的到来，但估计我到的时候她已经睡着了，我也不得不做好她不想醒来的心理准备。

14

一名护士把我带到奥尔加的病床前。她躺在一间单人病房里，阳光透过硕大的窗户射进来，我可以看到一座停车场、一块小草坪以及一排白杨树。她在吊点滴，护士检查了一下清澈的液体是否均匀地流入奥尔加的静脉，然后离开了。

奥尔加在睡觉。一张小桌旁摆着一张椅子，小桌上放着一束很大的鲜花和一张卡片，市长在卡片上表达了他的惊骇之意和慰问，并祝她早日康复。我把椅子挪到床头坐下来，握住奥尔加的手，注视着她。

她的脸上有抓痕，很显眼，因为染上了红色，但不严重。她的皮肤发灰而干瘪，嘴巴张开着，在轻轻地打鼾，她的眼皮在颤动。她似乎是经历了一个不眠之夜，也像是劳累至极，但怎么都不像是经历了一次要命的袭击。仿佛在阳光下晒上一天，吃一顿美餐，再好好睡一觉就能让一切恢复正常。

她的手轻轻地搭在我的手上。我看到了老年斑、凸出的血管、细长的手指和瘦骨嶙峋的关节，以及剪得很短的指甲。那是她的右手，她就是用这只手抚摸我的头。我把另外一只手搁到她的左手上，好像我能够保护她似的。

她睁开了眼睛，目光在四下里寻找了片刻，找到了我，她的脸上突然洋溢出那样的爱意和快乐，我禁不住失声痛哭。我不敢相信：她脸上那种熠熠闪光的表情是给我的，她如此喜欢我，看到我是如此高兴，居然还有人会如此喜欢我，如此高兴看到我。

"哦，孩子。"她说，"哦，孩子。"

我们彼此说了几句话。

"你疼吗？"

"不，我不疼。"

"他们对你好吗？"

"我很高兴你来了。"

"我很高兴我在这里。"

"你母亲跟你谈起过我吗？"

"星期六到星期天的午夜出什么事了？"

"发生了什么重要吗？"

"所以你不是寻死。"

"这样的死亡方式也不赖。"

然后她的眼睛又闭上了，我继续抓住她的手，注视着她的脸。她也哭了，眼泪挂在她的脸颊上。

我一直待到医生查房。医生对进入梦乡的奥尔加匆匆瞥了一眼，朝我点点头，朝护士点点头，又离开了。护士给她换上了新的点滴，问我奥尔加睡了多久，然后建议我晚些时候或者明天再过来，说是既然奥尔加在查房时都没有醒来，她也就不会很快醒来。

我在城里穿梭，从一座大桥走到另一座大桥，向一处岸边走去，再回到另一处岸边，穿越大街来到田野。我坐在运河边上，盯着那河水和小舟看，然后想着要到城市花园的俾斯麦纪念碑那里瞧瞧。那里已经被封锁，但谁也无法在砾石上或者草地上找出这次袭击的痕迹，俾斯麦的半身塑像仍然牢固地坐落在高耸的基座上。小时候我就看过它，黑色而耀眼的花岗岩上面有浅色的砂石，半身塑像的光头和小胡子宛如我爷爷的光头和小胡子。我从来没有像今天这样仔细地凝视这座纪念碑。它有一点点歪斜吗？或者只是我的幻觉？它是现在才变成这样的吗？难道以前一直是这样？

八点整，我重新回到医院。奥尔加在睡觉，一如之前，我重新坐到她的床头，握住她的手。有时她睁开眼睛片刻或者摇摇头。有时她的嘴巴发出声响，好像想要说什么，但我听不到完整的句子，我什么都不明白。有时她的手在我的手里颤动。慢慢地，袋里的点滴吊完了。慢慢地，外面的天黑下来了。

不知什么时候，我睡着了。我醒来时，奥尔加的手冷冷地搁在我的手上。我找到夜班护士，她跟随我来到病床前。是的，奥尔加已经死了。

15

她被葬在贝格墓地。一位想要报道奥尔加的记者曾经找到我,向我打听她的生平。我跟他谈起她喜欢贝格墓地,他在他的文章里提及这一点,作为恐怖袭击的牺牲者,她的声名已足以卓著,只要市长一声令下,她能葬在并非每个人都能被埋葬的地方。

之前我只在参加祖父母的葬礼时去过那里,那是我们家的重大事件,一大群的亲朋好友来到那儿,大家各自追忆祖父母的旧日时光,缅怀他们的人生过往。出席奥尔加的葬礼时,起先只有母亲和我来了,后来还来了一位捧了一大束鲜花的市长代表,还有那个我认识的记者,以及一位我不认识的先生。我们站在祈祷室里,听着代理牧师说起母亲跟他说过的奥尔加的生平,然后站在墓旁,将我们的一束五彩玫瑰花和一小铁锹泥土抛撒进墓里。

在去停车场的路上,那位我不认识的先生同我攀谈起来。"鄙人是威尔克警官。您能抽出几分钟时间吗?我不想特地请您上我们警局去,我只有一两个问题。"

我们停住了。

"袭击中的一些情况令人觉得匪夷所思。爆炸的影响,受伤的方式——几乎可以这么认为,这次袭击是针对这位死者的。这听起来无论对您,还是对我们而言都很奇怪,可我还是不得不问一句:您觉得死者有可能自愿或者被迫卷入这场危险故事吗?"

我不禁哈哈大笑起来。"我想,如果警察相信她会做出某些致命的事情来,她一定很高兴。但这是完全不可能的。您知道,她是聋子。"

他点点头。"您能设想一下她在星期六至星期天夜里,凌晨两点到三点之间在城市花园里会做什么吗?"

"我问过她,但她不想回答。她已经没有力气说话,觉得这个已经不重要了。她喜欢走路,或许她是睡不着觉吧。她从未谈起过这个问题,但我无法想象她居然在不眠之夜跑到城里的大街上。她竟然不害怕。"

威尔克警官表示感谢后走了。我母亲倾听了我们之间的对话。"假如她有夜里散步的习惯,那么她一定在什么时候提到过这一点。"

我耸耸肩。"这一点我也想到了。可我怎么知道?"我原以为我了解她。可她夜里到城市花园去做什么是个不解之谜,而习惯在夜晚到城里去则是最好的解释。

我在父母家里过夜,第二天才开车回到大学。注销户籍,清理银行账户、各种保险、各种会籍、各种预订——我本来是要帮奥尔加做这些事情的,可我考试在即,因此只能让母亲替我代劳了。我们早上一起到奥尔加家里,记下了我想要的东西:那幅画着松树、湖泊、芦苇的水彩画,图书,一些书面材料,一枚我很喜欢的奥尔加的首饰。母亲一定会理清遗产问题的。

一周后,我收到了遗产法庭的一封信。奥尔加指定我为继承人。她的储蓄账户里有一万两千马克。我不想动用这笔钱,将这个银行存折转到了我的名下,把它和我的出生证、坚信礼证以及其他证书放在一起,然后就忘了这件事。

16

我以一篇论述卢梭的哲学与教育小说《爱弥儿》的博士论文完成了学业。尽管我很愿意做个大学教授,但这一纸文凭不足以使我获得大学方的邀约。不过乐意改革的文化部长们不仅为他们的政府机构寻找教师和法学研究者,而且也在寻找外部专家,于是我开始了在文化部的职业生涯。我也在部里认识了后来的妻子。我成为公务员之后,我们结婚了,不仅有了两个孩子,还建造了自己的房子。我们的婚姻中有过无忧无虑的时光，也有过艰难困苦的时代，有一家人在一起的欢乐，也有许多育儿的艰辛——这些都是生活的必经之路。命运并没有打击我们，我们永远不必害怕明天。

我待在部里，多年来负责学校数据统计、需求规划与任务规划、人事规划与发展、招聘与调动以及管理私立学校，在部里的处长位置上一直任职到退休。

有时我后悔自己没有做过教师，无法直接和孩子们打交道。但我至少间接地为他们工作过。而且我喜欢我工作的那座房子，每天早上我快快乐乐地踏进早已熟稔的地方，每天晚上再心满意足地离开那里。不过之后就没有人再需要我了。那些退休后能给他们的继任者提供临时帮助的医生和律师，以及作为顾问颇受欢迎的经理人和工程师就没有这种烦恼。

妻子作为办事员还在工作，我承担了从来没有做过的活儿：购物、做饭、洗刷、洗衣、打理花园。起初，妻子对我每天晚上展现的厨艺大加赞赏，也对洗好的衣物没有褪色、大衣没有变形以及衬衣没有褶皱感到非常高兴。等到她对这一切感到习以为常了，精疲力竭、一言不发地坐到桌旁，理所当然地从橱柜里取出衣物，正如我日复一日地做了数十年一样，我也开始失去对这些家务的兴趣。我把兴趣都放在了园艺上。鲜花和灌木在茁壮成长，繁花似锦、郁郁葱葱，累累的浆果叫人垂涎欲滴，它们也是在给我这个园丁酬报，而我那精疲力竭、一言不发的妻子却还是不愿赞美一句。我在盼望妻子停止工作的那一天，到时我们就可以平分房子和花园里的家务活儿，就可以终于开始我们日思夜想的北方之旅：到赫布里底群岛，到苏格兰、斯堪的纳维亚国家、加拿大和阿拉斯加。

可惜意外从天而降。在她退休前几个月——那天早上我恰好从报纸上看到一所难民营失火的消息，十分惊恐——我妻子驾车行驶在路上，因为下起了雪而遭遇车祸，在送往医院的路上不幸去世。我都没来得及和她告别。

自此以后，我独自一人生活。房子显得很大，我依恋着它，和它融洽相处。儿子是建筑师，在中国工作，如果他回德国就住在我家里。女儿在邻近的城市做老师，已经结婚，是三个孩子的母亲。他们总在假期里来看望我。我有千万种理由感激生活，尽管丧妻之痛难以言表。我留恋那些人和那些地方，我喜欢稳定的感觉，讨厌突如其来的变故，我想过固定不变的生活。

我也始终经常回想起奥尔加。

17

我书桌旁挂着亲人照片的墙上也挂着奥尔加结束逃难后让人拍下的那张照片。我在放着她师范学院和聋哑学校毕业证书的那些资料里还找到了一些东西：那张坚信礼前一天维多利亚、赫伯特和她三个人一起拍的照片，一张有艾克签名的风景速写，一所学校的平面图，以及赫伯特从德属西南非洲寄出的一捆信件。

每次回家乡——自从父母过世之后，我只是偶尔参加同学聚会或者朋友聚会时才回去——我总要路过俾斯麦纪念碑。我常常要看个仔细，这次敢肯定这座纪念碑有点儿歪斜。纪念碑还在那里，但随着它的歪斜，对我而言它就是奥尔加的纪念碑。

每当我和某个人徒步旅行或者散步，我们沉默无声时；每当我和某个人从电影院里出来，我们有时间谈论电影时，我就会想到奥尔加。每当某个人兴高采烈地谈起，他或者她找到了那个可以沉默相处的人，我也会想起奥尔加。这样真好，可以和另一个人心心相通，而不必出现在他面前，不必和他闲聊。而如果其中的一个人沉默而另外一个人不想，一个人渴望亲密而另外一个人渴望疏离，就太难相处下去了。

沉默是可以学会的——连同属于沉默的等待。

我从奥尔加那里学会了去墓地散步的那份快乐，若是要去的墓地与众不同，特别陈旧或者特别漂亮，特别阴森或者令人毛骨悚然，我就想象自己带上了她。最近的一次是我在美国乡下度假时，我们一起来到了我喜欢拜访的那处墓地。墓地孤零零地坐落在森林里，那是一块平坦的草地，逐渐延展为一座座草木葳蕤的小山丘，先是印第安人将他们的死者埋葬在那里，然后是十八世纪和十九世纪的移民，再往后是现在墓地里的这些死者。这里没有小块的农业用地，只有墓碑，大的墓碑是成人的，小的是儿童的，许多墓碑上能找到相同的名字，英国的、荷兰的、德国的名字，有一些名字边写着死者的职业和值得称赞的品德，一块墓碑上注明了一个从南方逃往北方的奴隶获得自由的年份，好几个墓碑旁边插着美国小旗，表明埋葬的是美国老兵。所有的人都躺在一起，从死于过去的印第安人到死于今天的现代人。那是一个平等的地方，死亡并不可怕。

每当在DVD上观看电影或者在网上下载电影时，我就不由得想起奥尔加，如果像今天这样，在观看每一部电影时都可以看到字幕，她该有多高兴呀。正如她可以在电影银幕上轻车熟路地读懂唇语并展开联想一样，她最大的快乐就是观看带德语字幕的外国电影。每当看到费尔巴哈和伯克林的绘画，看到《枪杀马克西米利安皇帝》，我就不由得想起奥尔加，想起水笔、缝纫机，尤其是那台旧缝纫机。

如果出了她应该会觉得太伟大的事情，我就会想到她。她认为我们大学生对道德说教不屑一顾，如今她一定要嘲笑那些媒体了，它们缺乏调查研究，并成了道德说教的新载体。她一定会觉得联邦总理府、联邦议院大厦以及大屠杀纪念碑太伟大。她会对德国统一感到高兴，但一定会认为这个自此以后不断扩大的欧洲，包括这个全球化的世界都太伟大了。

18

有时我也不得不想起赫伯特。

一个星期天，那是很久以前的事了，当时孩子们还小，我和妻儿一起路过一家很大的旧货市场，在炊具和餐具之间、在黄铜做的灯具和胶木做的自来水笔之间、在手提包和毛巾之间穿行，在一只放着旧明信片的盒子里找到了《德国骑兵在西南非洲》系列，里面有驻防军骑兵和步兵家属提供的着色图片，一张是骑兵站在一座小山上眺望远方，一张是他们隐蔽在沙丘峰顶后面，一张是他们架起一门大炮或者一挺机枪的样子，照片里的人常常举起军刀或者挺着刺刀向前冲去，最后张开嘴巴歌唱，用非洲的树和金属星星庆祝圣诞来临。有两张图片表明他们正在战斗：在一张图片上，他们俯卧在山崖的平地上射击，枪口前白光闪闪；在另一张图片上，他们骑马向赫雷罗人冲去，后者慌不择路，跌跌撞撞，然后倒毙身亡。德国骑兵在西南非洲，他们一个个英俊潇洒，穿着沙子灰的制服，戴着深黑色的帽子，右边帽檐因黑白红的帽徽而歪斜着上卷，胡子卷起了一个小尖。我明白他们要让德国人的自豪感高高地扬起。

即便在阅读关于奥万博人的解放战争和纳米比亚独立的书时，我也会想起赫伯特。当读到美国和苏联的潜艇在北极破冰而行并且浮出水面，一艘苏联的破冰船在八十日内穿越北方海路时，我也同样会想起他。这个故事证明他的行动纯属多余，如果知道了这件事，赫伯特会感到愤怒吗，奥尔加会感到快乐吗？

然后我在报纸上看到一则报道，有一支探险队出发到东北地岛，旨在查明赫伯特当时究竟出了什么事。这是让我想起赫伯特一生的起因，想起了他在非洲的战斗和在北极的雄心，准备仓促又开始太晚的东北地岛探险之旅的疯狂，他们的失败以及多艘救援探险队试图搭救准备穿越该岛的赫伯特和三名伙伴却未果。报上也提及有人找到了各种不同的装备物品，一名海豹捕捉者在一九三七年捡到了一只铝锅，以及德国士兵在一九四五年偶然发现了铝制盘子。

那支探险队没有找到任何关于赫伯特的蛛丝马迹。就像丢失钥匙的人在灯笼的光照下才能找到一样，因为唯有打着灯笼才有足够的亮光，但是探险队只能在获准搜寻的那个地带探寻，而不能到赫伯特可能迷路的冰冠和冰川中寻找。从探险队的报告里可以看到高效的太阳能发电装置，他们遇见了驯鹿、北极熊和乘坐雪橇旅行的人，他们做的大多是穿越冰山或冰泥浆这种劳累至极的活儿，有时也有稍纵即逝的快乐。那些图片显示了纷飞的白雪、蓝蓝的天空、红色的帐篷、运载红色货物的雪橇、有着红色舌头的爱斯基摩犬以及把身子裹得暖暖的兴高采烈的人们。

我将北极设想成另外一副模样，它是阴暗的深渊，是赫伯特渴望迷失其中的虚无。我在大学图书馆里找到了关于赫伯特那支探险队的书，书里有黑白照片，照片上的一切都很阴暗，雪和天空是灰色的，人和狗是黑色的朦胧轮廓，大地模糊、开裂而贫瘠。一名从赫伯特的探险队里归来的成员也对大自然的残酷无情、不可捉摸叹息一声，结束了他的笔记，并带着可怕而沉默的敬畏之心向它鞠躬致意。

19

一支探险队和几张明信片——决定我们道路的东西是多么稀奇古怪！那支探险队没有找到他们所寻找的东西，而明信片曾经被设想为展示民族自豪感的载体，如今仅仅剩下滑稽可笑的一面。

那支探险队被报道半年后，我收到了来自柏林的一封信，一个名叫阿德尔海德·福尔克曼的女人提出想和我见上一面，说她的父亲曾经跟她谈起过赫伯特·施罗德和奥尔加·林克的故事，他一直在寻找奥尔加，报纸上一篇关于这支探险队的报道让她重新开始替父亲打听奥尔加·林克。借助于一家侦查机构的帮助，她终于找到了作为奥尔加·林克继承人的我。

与此同时，我收到了一封来自辛斯海姆的罗伯特·库尔茨的邮件，他是一位明信片收藏家。那些德国骑兵在西南非洲的明信片唤起了我对旧明信片的喜爱。我的妻子喜欢旧货市场，正当她漫无目的地对着周围的一切张望时，我则在翻捡那些装着旧明信片的箱子。现在，我了解了明信片收藏家的世界，知道他们专门研究的那些主题、大事以及地点，知道他们的日记、聚会、皮夹里的东西、感兴趣的网页和聊天室，影响明信片价值和价格的标准。我并没有成为严肃的收藏家。严肃的收藏家们术业有专攻，而特别野心勃勃的收藏家们寄希望于完整性，比如收藏关于哈尔茨山南部山脊纪念碑或者金门大桥的所有明信片。我只收藏自己喜欢的明信片。我也关注明信片背面书写的文字——严肃的收藏家们认为这些可以忽略不计，可我喜欢明信片给我讲述的故事。

我的藏品里有一张波士顿灯塔的明信片，明信片上的文字是一位母亲在一九一八年九月警告她在卡萨布兰卡的儿子，一场致命的流感已经爆发，他应该推迟回波士顿的安排。一九二六年十月，来自贝尔法斯特的吉尔伯特提醒他在奥斯陆的朋友哈孔，在假期里别错过投票，明信片上是一幅一只倒满了葡萄酒的酒杯的画作。一旦挪威取消禁酒令，他就过来做做客。有一张一九三六年六月的明信片，上面是拿破仑在圣赫勒拿岛的场景；来自圣赫勒拿岛的詹姆斯向在牛津的弟弟菲尔表示问候，然后写道，他在拿破仑被埋葬的土地上找到了砷中毒的痕迹（他的遗骸后来才被运抵巴黎）。我也有一张俾斯麦纪念碑的旧明信片，纪念碑上面恰好是底座和半身塑像。我跑题了。

三年前，我找到了一九一三年五月写给特罗姆瑟的彼得·戈德巴赫的一张德国国会大厦明信片，留局自取。那个旧货商也不知道从哪儿弄来的这张明信片。我在明信片收藏家刊登广告的地方到处登广告。谁认识某个提供明信片的人吗，那些明信片在一九一三年至一九一四年间寄往特罗姆瑟，留局自取？

我获得的那些提示没什么用，但我没有泄气，依然不断地更新广告。我收到阿德尔海德·福尔克曼的信没几天，罗伯特·库尔茨也给我写来了信，说他的儿子恰好在一次挪威游船之行后给他带来了一堆明信片，那是在特罗姆瑟的一家旧书店里找到的，所有的明信片上都写着特罗姆瑟的收件人，留局自取。但他儿子想不起那家旧书店的名字了。

我在网上找到了特罗姆瑟的一家旧书店，打电话过去，用英语问，电话另一头也用英语回答。他儿子不是在这里找到那些明信片的。我问特罗姆瑟是否还有其他旧书店？对方回答说有一家，但房主正在对房屋进行改建和重新布置，还没有真正开张营业，很遗憾无法帮忙提供名字、通信地址或者电话号码。

我写信给阿德尔海德·福尔克曼，建议两周后见面，并且给了她我的电话号码和通信地址。我订了票，两天后坐飞机到奥斯陆，再从那里转机飞往特罗姆瑟。

20

早晨，当我在特罗姆瑟醒来时，天黑乎乎的，我明白，对这里的一月份不要有任何期待，充其量也就是在中午时分才会有一点黯淡的光线。我走到窗前，望着灯火通明、停泊着大大小小船只的海港，望着有着平屋顶和俭朴房屋立面的一家家宾馆，望着那被雪变得肮脏泥泞的广场。前一个晚上，一辆公共汽车带我穿越大雪覆盖的乡野和一条从机场到城里的长长隧道，以及一条灯火辉煌的商店和饭馆林立的大街，来到了我所住的位于一条横街上的宾馆。这条灯火辉煌的大街想必就是商业街，街上应该有一家书店，书店里可以找到一张城市地图，到时候就可以打听到那家旧书店了。

如果真有这家旧书店的话，它就应该在斜坡边的其中一条街上。于是，我到斜坡边的那些街上查看。我看到了一座教堂，一座大学，办公楼，住宅，一家带有园圃的鲜花店，以及一家商店。从商店的橱窗往里看，那里已经不再出售东西，只见到男男女女坐在电脑旁。中午，我在商业街的一家饭馆就餐，之后重新回到斜坡旁的那些大街上。下雪了，在雪层光滑的人行道上，我小心翼翼地一步步缓缓而行。

我找到那家旧书店时，中午时分天空中的灰色已经重新让位于黑色。书店位于一处住宅的地下，有楼梯通往下面的门口，窗户在底层，上面贴着用白色薄膜做的硕大字母：ANTIKVARISKE。在这些字母之间，我看到旧书商正在把一摞书放到书架上。我进了门，向他致以问候，他也回以问候——就是这样。旧书商虽然没有其他顾客，却并没有回过头来问我是否要找什么东西，是否可以帮助我。他审慎地注视着我，那是一张拒绝而怀疑的面孔，随后又埋头于书籍中。

我沿着书架走，有时能认出作者是谁，却猜不出书名的意思，也能看懂"地理"和"历史"，除此之外只能在陌生的语言面前缴械投降了。在一张桌子上的纸板盒里摆放着来自全世界的旧明信片，按照国家顺序排列，我一张一张地拿出来看，看到了上面的通信地址。特罗姆瑟，留局自取。

我不知道该如何采取行动。我可以直接问他，是从哪儿得到那么多寄往特罗姆瑟的留局待领的明信片吗？是否也有寄往特罗姆瑟的留局待领的信呢？我是否可以搜寻一下那些信呢？一封信他要价多少？我们两个人究竟能否达成一致呢？

我用英语询问那位旧书商是否有德国书籍，他说着英语带我到了下一个房间，那里的一个书架上有德国文学。我发现了地理、地质、生物方面的专业书籍，以及三四十年代的小说,那些书可能都是德军占领这里之后遗留下来的。房间中央摆着一张桌子和两张椅子,我在桌上又发现了纸板盒,这一次不是旧明信片,而是旧信件,而且又是以"特罗姆瑟,留局自取"作为通信地址的。

我回到旧书商那里。"您这里有许多有趣的玩意儿。"

"您能发现真是太好了。我多么希望品种能更丰富一些,可是我刚开始做。"

"您这儿的旧明信片和旧信件够多了。"

"是啊。顾客常常独独因为那些信件而来。我不知道倘若没有了这种窥阴癖似的消遣——这种消遣是人们从过去的时代和被人遗忘的作者的信里找到的——我还能干些什么。"

"您从哪儿弄来这些东西?"

他哈哈一笑。"这是我的秘密。"

"您还有更多这类东西吗?"

"足够多,那些纸板盒多年来一直是满的。"

现在谈及奥尔加的信就很自然了。可是,他说这是他的秘密,而我想先和他解释这件事。至少我知道他有这些信件,我们彼此可以用英语交谈。因此在表明还会过来之后,我就离开了。门上写着:"APNINGSTIDER,营业时间 14:00 – 20:00。"

21

第二天我一直等到夜晚来临。我漫步穿越老城的大街小巷，映入眼帘的是一座座木制房屋和教堂，我在码头边远望闪烁着灰色光芒的大海和灰色的大桥，大桥以很大的弧度从特罗姆瑟所在的岛上横跨大陆。我把面包扔给海鸥，它们一边飞翔一边张口接住面包叼走。我从灰色大桥上走过，风穿过栅栏时发出呼啸声。我坐着缆车上山，站在雪地里，俯瞰城市和大海。

寄往特罗姆瑟的留局待领的邮件很多，那些纸板箱多年来装得满满的——这件事很蹊跷。我做过公务员，想必那些留局待领却没有被领取的邮件，要么被送到邮政档案馆，要么被清理掉了。所有这些东西原先一定杂乱无章，并不属于个人保护和数据保护的范畴。

快到八点时，我走进那家旧书店。旧书商刚刚穿好大衣。"您要出门吗？我想和您谈谈。"

他犹豫不定地站着，没好气地看着我，终于重新脱下大衣。"我想我可以抽出一会儿工夫来。"

"您把店门关上，我们进另外一个房间吧。"我坐到两张沙发椅中的一张上，从包里拿出我买的那瓶波本威士忌和两只杯子,给我们两个人倒上。当他坐下时,我举起自己的杯子。"为您生意兴隆干杯!"

"我不知道……"

"您喝!"我们干杯,我从他的脸上看到了我在前一天注意到的那种拒绝和怀疑,不过也有贪婪。

"我不知道您是否有我寻找的东西。或许您从未拥有过那些东西,也许已经把那些东西卖掉了。不过或许在您的宝贝里面,还可以找到那些寄往特罗姆瑟的留局待领的邮件。"接着我给他讲述了奥尔加·林克和赫伯特·施罗德的故事。

"那些信件对您值多少钱?"

"您有吗?"

"不知道。您说的那些宝贝,我得找找看。这个工作量很大,很费时间。嗯,我再问一下:那些信件在您看来值多少钱?"

"每封信一百欧元。"

"一百欧元?"他哈哈大笑着摇摇头,"如果它们在您看来不值一千欧元的话……"

"那我宁愿到邮政档案馆去找人,希望在他们从您这里取回这些宝贝之后,再给我看。"

"那如果他们不让您查看这些宝贝呢?"

"那就算我倒霉。所以我才想和您做生意,但我们俩必须达成一致才行。"

"五百元。"

"两百元。"

我们以每封信三百元成交,他向我讲述了他是如何遇见那些宝贝的。

"您知道那家老邮局吗?马上就要变成新图书馆的那家?那栋楼里有一个巨大的仓库,邮局负责人并没有把剩下的留局待领的邮件交给邮政档案馆,而是存放在仓库里。这样处理很简单,比起打包和寄送这些东西,他们总是有更重要的事情要做。现在,等到新的邮局建成再清空旧邮局的物品,又有点晚了。也就是说,他们就想把那些邮件脱手,当然是要偷偷地。于是我的一个在邮局工作的朋友答应帮忙处理这件事,然后我们就负责处理了,把仓库清空了。"他站起来,打开进入另一个房间的房门,那是一间摆满了信件的地下室,有单独的信,也有捆扎好的一摞摞信件,信封有大有小,还有大大小小的包裹和明信片。

我站到了他面前。"我可以查看一下这些东西吗?您有足够多的事情要做吧。"

"您找到二十封信,藏起来十封,然后只给我看十封吗?

您把我看得有多愚蠢？"

"我可以……"

"您不可以这样，不然我每次还得给您搜身。不，我来检查那些邮件吧，如果我找到了什么东西，您就寄钱给我，我再把信寄给您。而如果找不到什么，为了这徒劳无功的寻找，我现在也得先拿一千元，等找到了东西，我们再结算。"

"您需要多长时间？"

"几周，一两个月，或者也可能是三个月——正如您说过的那样，我有很多其他的事情要做，我会抓紧时间的。"

"先给你两千，不多于两个月。"

他点点头，我又一次给我们倒上酒，然后干杯。

第二天，我到银行取了两千欧元给他，然后坐飞机回去了。

22

我什么东西都还没有搞到手。但是，这趟旅行、旅行中的发现、讨价还价、寻找到的那些信件，以及商议一个公平的价钱，这一切使我兴致勃勃。难道我的生活太悠闲笃定了吗，我应该胆子更大一点吗？

我想到了狐狸，小时候我在家乡的动物园里见过这种动物。动物园很小，屋顶的铁丝网也很小，狐狸在那里一刻不停地从左跑到右，再从右跑到左，转身时用同一只爪子猛力一蹬，在铁丝网的混凝土底座上留下了一个被磨得光溜溜的闪着黑光的位置。我也只能留下一个被磨得光溜溜的闪着黑光的位置吗？或许什么都留不下？

可我现在是一个普通人，过着普通人的生活。我没有做过什么称得上丰功伟绩的事情。我对他人有着敏锐的洞察力，会是一个优秀的历史见证人，能一眼看出谁是浮士德式的朋友或者谁是迷失在生活树上的人。我没有这样有着丰功伟绩的朋友。但我有奥尔加，我关于她的回忆弥足珍贵，能够做她的历史见证者就很知足了。

这件事把我引向了特罗姆瑟，也促使阿德尔海德·福尔克曼过来拜访我。

我们通过几次电话。她在电话中犹豫是坐飞机还是坐火车，住河边的宾馆还是住我家附近的膳宿公寓。最后她决定坐火车，住膳宿公寓。我猜测着个中原因：她看重的是坐火车很放松，路途又短，还是她没有什么钱？她是省吃俭用还是吝啬小气？火车的优惠票要比飞机票便宜，膳宿公寓要比宾馆便宜。除此之外，她会是怎样的一个人？她的声音听上去很年轻，不过老年妇女也可以拥有年轻的声音，她说话平静的语调可以证明她拥有沉静的性格,或者也可以表明她是慢性子或者是个无聊之人。

我到车站接她。那是二月的一天,春天即将来临,人们穿着衬衣坐在街头咖啡馆和啤酒花园里,所以我带着她去了河边的一家花园饭店。我们还可以享受一个小时的日光,足以喝上一杯茶了。

我们坐下来,我注视她,她的眼角和嘴角起了皱纹,金灰色头发,绿眼睛,大嘴巴。她约莫六十岁的样子,皮肤干瘪,好像常常抽烟或者不久前还在抽烟。她没有涂脂抹粉,也没有涂口红。我们从站台走到汽车那里,又下了车走到饭店的这一路上,引起我注意的是她那自信坚定的步伐。我比她稍高一点,她比我稍胖一点。她就是这样坐在我对面,自信而坚定。

"您刚刚戒烟吗?您从小包里掏出纸巾时,也匆匆地把那包纸递给我了,就像一位吸烟者将一包烟递给另一个人一样。"

她哈哈大笑。"我是这么做的吗?不错,我是戒了烟,担心没有了烟就无法写作,可我还是可以写。在报社时没有烟我就永远无法写东西,哪怕我忘记了抽,只是让它在烟灰缸里燃尽。我经历了许多事:报纸销量下降,广告收入中断,被解雇，我不仅告别了这家报社，而且也告别了抽烟。那是在五个星期以前。从此以后我成了自由记者，希望能靠这个职业过日子。"

我继续向她提问，当我们启程时，我知道了她是如何戒烟的，她写过关于园艺、营养和健康类的书，有一个小菜园，现在是离异状态。她的女儿和外孙女生活在美国，她将英语诗歌翻译成德语，喜欢一个人生活。她也问了我一些问题，在我们出发时获悉了我的生活状况。

"我能请您去我家共进晚餐吗？好的饭馆里都是人满为患，人声鼎沸，都无法听清楚说话声。我做的饭菜还不赖。"

她接受了我的提议，我在膳宿公寓门口把她放下，向她说清楚了上我家去的很短的一段路。"那就八点见！"

23

我已经准备好了晚餐的菜单，花椰菜汤、土豆烧牛肉、苹果派，不必马上去做，可以先坐下来静静思考。阿德尔海德·福尔克曼让我回想起了谁？我会想起她的什么？她的面孔，她年轻的声音，她平静的言语，她坚决自信的态度？至少我明白为什么她必须省吃俭用了。

我原以为我们可以先吃饭，然后再交谈，可她已经开始喝开胃酒了。"我父亲一九五五年作为俄国战俘被释放，是最后一批被释放的战俘之一。他在一九三九年结婚，我母亲在一九四〇年生下了我哥哥，到一九五六年她还足够年轻，又生下了我。我父母之间的情况不是很好，她过了十五年没有他的日子，并不需要他。他也有十五年时间没有过女人，没有折腾过任何一个女人，想要弥补自己的过错，但他根本无法和我哥哥相处。哥哥放弃了阿道夫①的名字，改用道夫。父亲将精力全部投入到我身上。他跟我讲述战争和战俘的情况，为什么他爱上了母亲，为什么他不再爱她了，为什么他现在无法忍受她，却和女邻居发生了关系。这让我得意扬扬，觉得自己受到了认真的对待，自己被爱着——直到他去世以后，我才发觉他是在利用我。他并没有为我做过什么好事。顺便说一句，他在刑事警察处工作，做到处长的职位才退休，在一九七二年死于肺癌。"她微微一笑，"他也把抽烟的毛病传给我了。"

她抽了一口烟，摇摇头，然后独自开始发愣。我本来想吃口饭，她这时却又继续说开了。"当大家都对父母产生逆

---

① 希特勒的名字即为阿道夫。

反心理时，我也开始违抗死去的父亲，反对他的自私自利，他的目光短浅，他的狂妄自大，他对自己的妻子和我们这些孩子的态度——数不胜数。我知道他对自己的过去撒了谎，有太多的东西说不通。他应该学过建筑学，却在刑事警察处工作，他……"

"他是叫艾克吗？"

"好吧，您知道他的一些情况。他的父母和哥哥姐姐一定是在被驱逐时遇难了，他在寻人机构里打听过他们的情况，却是徒劳无功。不过他还有一个阿姨，奥尔加·林克，她非常依恋他，他也非常依恋她，战后他在她家住了很长时间，她跟他讲了很多关于她的男友赫伯特·施罗德的故事，他后来又跟我讲了这件事。我父亲喜欢德国英雄。"

"他在一九七二年才去世吗？那时奥尔加·林克还活着呢。"

"但这两个人似乎失去了联系。这是为什么呢？那么在她的遗物里能找到一些我父亲的东西吗？他的孩提时代和青年时代是怎样的情况？他在大学里真的学过建筑学吗，他做了些什么，又怎么会做刑警的呢？他跟我提起过一位十七岁的年轻姑娘，他娶了她，这是真的吗？"

艾克的女儿疑惑地看着我。奥尔加提到艾克的最后一件事，是她失去听力后他去看望她。之后他就完全不再出现在她的叙述里。这一点为什么没有让我感到惊讶呢？

"您知道奥尔加·林克长什么模样吗？"我和她一起走进我的书房，指给她看那张照片。

她注视了照片很久，然后看着那张平时挂在墙上的照片。"这是您的妻子吗？那些是您的孩子吗？这是谁？"

我向她介绍我的妻子、我的孩子、我的父母、我的哥哥姐姐、我的男女朋友，以及那只长着白色爪子的黑猫。这只猫是我女儿十二岁时得到的礼物，它在我们家待了十七年。"我们可以吃饭了吗？我们可以边吃边说。"

24

我开始讲述我所了解的艾克，他的父母，他从农庄前往提尔西特、柏林和意大利的漫漫长路，他加入纳粹党和党卫队，奥尔加在他生活中的角色以及他去看望她的事。她也想听听奥尔加和赫伯特的故事，他们的童年时代和他们的爱情，他在殖民地和北极的梦想，他去东北地岛的探险经历，她的那些留局待领的信件。最后她想知道我和奥尔加是如何认识和熟悉的。

上餐前小吃、主菜以及吃餐后点心时，我一直在不停地说。结束进餐时，我很抱歉地表示自己说了那么久。

"哦，不是，是我在翻来覆去地问东问西。"她用自己的葡萄酒杯在台布上画了个圆，"父亲加入过纳粹党和党卫队——如果事实不是这样就更好了，我也想到过诸如此类的情况。这是吻合的。您提到他和奥尔加的事情……我有点不明白。她对他很照顾，关心过他，父亲在她家住了很久，为什么要撒谎呢？战后他们有过联系，但我们对此一无所知。为什么他们要守住这个秘密呢？"

"不知道。"我把餐具端进厨房。等我回来时，她还一直在把玩葡萄酒杯。"您母亲说过什么话？"

"我母亲？"她从沉思中惊醒，"她从未提到过奥尔加。父亲在监禁时，她很少谈及他，后来谈及他时还带着讨厌的口气。就在他去世不久后，她疯了。她真应该离开他，越早越好，作为护士，她不需要他经济上的支持。可她没有考虑过离婚的事。"

她站起来，从窗口望向夜色，在房间里来回踱步，目光在我的书和CD上游移，然后集中到书架之间的那张图片上。这是一张十八世纪晚期的印刷品，上面的让-雅克·卢梭戴着皮帽、穿着长袖长袍。

她问："这两个人关系破裂了吗？为什么？"

"您不该问我这个问题。我不明白什么关系破裂。"

"这有什么不能明白的?如果相处不来,那关系就无法继续了,然后就该分手。"

"对,您说过您离婚了。"

她回答了这个我不敢提出的问题。"他是画家,或许是一个天才,我不知道。起先我喜欢他的这种执着。可他只关心他的艺术,我负责赚钱,负责照顾雅娜,负责照管那栋别墅,托伊托堡森林边上一座古老的庄园,那是他继承来的,已经败落了。几年后我就受不了了。我不能再忍受他,这个自恋的人就像个孩子一样,却比小孩子更讨厌。和他分手时,我并不觉得有多么痛苦。"

"我无法忍受破裂的关系。在我一生中,我和那些保持联系的人始终保持着联系。我们的婚姻只是磕磕碰碰,我没有想过离婚。"

"奥尔加·林克如何看待关系破裂的事?她在乎吗?"

"不知道。我本来以为我了解她。可直到她去世之前,我都没有发现她曾经几次夜间出门散步;直到看见关于她的报道之前,我知道她关心艾克,但并不知道他多年来住在她家里。我猜测那些年里他父母居住的乡村被法国人或者立陶宛人占领了,他上了提尔西特的高级文理中学。我们之间的关系从未破裂，我原以为奥尔加和我都是这样认为的。可恐怕并非如此。"

她点点头。她确实认识到人与人之间想象的迥异。"感谢您给了我一个美好的夜晚，还有这样的美食，以及您对我说的一切。我明天还要去看一下州园艺博览会，这样我就可以从税收中扣除本次旅费了。您有兴趣陪我过去吗？"

我答应九点整开车去接她，于是送她回了膳宿公寓，那在离我家两个街口和两条马路远的地方。

25

像她那样自信而坚定的人，会不费吹灰之力地承担起义务，同样也会毫不犹豫地摆脱责任。我完全不喜欢和这种人交往——我确实知道他们将离我而去。不过在去黑森林的路上，我们彼此很亲密，都在谈论自己，仿佛真的想要向另外一个人倾诉衷肠，我们互相以亲昵的"你"字相称，当我们沉默无言时，并不觉得有无话可说的尴尬。

市长主办的州园艺博览会卓有成效，他是想让这座曾经领教过好日子，如今却失去了许多工业，流失了许多富裕市民的城市重放异彩。那个古老宫殿的废墟周围新建了一座公园，那条用砖围砌成的小河拥有了新的河床，还有一条滨江大道。居民们也参与其间，把花盆置于窗口，预示着夏天将会花团锦簇、姹紫嫣红。太阳照在刚刚抹上灰泥的房屋上。剩下的最后一点雪迹在阴暗角落里变得黯淡起来。阿德尔海德带了一架相机在拍照。

《检查。园艺会之后的冬季》是《公园和花园》杂志的一个封面主题，她正在撰写一篇这个主题下的文章。她已经约好要采访市长、州园艺博览会总裁和当地报纸的总编，我也在场，发觉她处理自己的事情非常得心应手。她见多识广，和蔼可亲，即便在他们谈论后续费用和负债问题时也始终没有离开自己采访的主题。市长热情邀请我们去"金色天鹅"饭店共进晚餐，饭店借本次州园艺博览会的东风聘请了一位新总经理和一位新大厨，也希望引领城市美食的发展。

我们出发得比计划的要晚。和前一天一样，今天一大早就有和煦的阳光。到了下午却天气骤变，温度下降，蓝天变得灰蒙蒙起来。当我们从"金色天鹅"饭店踏入夜色，走进汽车里，零星的雪花已经飘落下来。

我顺利地开车出发了。我原以为下雪时我们走高速公路肯定要比走公路更好，我完全可以在雪没有下大时开上高速公路。可是车开出没几公里，雪就下得非常之大，害得雨刮器只能艰难地转动，我也只能慢速行驶。我几乎什么都看不见。白茫茫的公路、白茫茫的护栏以及白茫茫的斜坡相互交融，变得模糊起来，前灯的灯光在雪花中折射，迎面而来的汽车到了眼前才能发现。有时轮子在打滑，汽车随后倒滑，随即又重新恢复常态。我们从一辆停在公路排水沟边的汽车旁路过，那名司机在向我们招手，可我们必须继续前行，一旦停下，恐怕我们也不可能在这个上坡路上重新把车开动了。

我和阿德尔海德都没有说话。我紧张地坐着，目不转睛地看着那白色的暴风雪，毫无必要地将方向盘握得太紧，直到她把手搁到我肩上，说："我喜欢这样。外面虽然寒冷，里面却很温暖，慢慢行驶，我们在午夜抵达也没关系呀。"

我点点头，但用了一会儿工夫才宽下心来，然后问道："艾克还说起过奥尔加什么？她是个怎样的人？严厉吗？宽容吗？她抚养他长大了吗，还是把他托付给了他的父母？"

"我早就原谅了父亲的一切。我本以为在十五年的战争和被俘生活之后，一个人恰恰希望拥有自己的生活，所以当自己的女人疏远他时，他就需要一个情人。直到后来，当母亲变得痴呆时，他才说，在他们新婚和她怀孕时，他就对她不忠了，而且他从没有在她面前隐瞒过这件事。"她叹了口气，

"因为我觉得母亲变得痴呆后是那么陌生,我自己也已经原谅他这件事了。直到她去世以后,我和那位年轻女子有过接触,才明白他带给她的是什么,她受过怎样的痛苦。"她又叹了口气。"可你是因为奥尔加的缘故才问的。根据他的叙述,我想她是一个慈爱而坚决的女人,她的故事令人惊异,她的故事也始终合乎道德规范。提起道德规范,赫伯特与印第安人的相处事关伤害和信任,我无法评价。赫伯特在非洲时,他还没有弄清楚如何观察另一个人,不过他越是另类,就越是看得清楚。赫伯特征服北极前对伟大的行动做了很好的计划和准备。我不知道赫伯特的行为是否始终合乎奥尔加的道德规范,或者合乎父亲的道德规范。"

我们过了午夜很久才回到家。阿德尔海德早上出门时以为没有必要拿上大门钥匙,而膳宿公寓没有夜班门卫,于是她就接受了我的建议,在我家的客房过夜。她饿了,我把土豆烧牛肉重新加热,又做了一份沙拉,我们吃了饭,没有说太多话。

"多谢这一切。"我们站起来,她走到我跟前,搂住我的脖子,头埋在我怀里,我拥抱了她。"我明天早上六点就得走了。这是一个短暂的夜晚。你到我的床上去吧?"她抬起头,看着我,因为我没有马上回答,她将头重新埋在我怀里。

"我……如果这样很美好,那我无法忍受你明天又要离开。如果这样不美好,那我就不愿意这样做了。"

"明白。"她轻声一笑,"或许我还会再来,时间待得长一些。或者你到柏林去。"说完她轻轻地松开了我,说了声"晚安",径自回到她的房间去了。

26

三月,我没有听到来自特罗姆瑟的任何消息。我考虑是否应该打个电话过去问一下情况,可还是放弃了。如果这笔有望得到的钱无法促使这个旧书商寻找的话,那么把电话打过去也毫无意义。

我和阿德尔海德仍保持联络,或写信或打电话。她寄给我文章的草稿,我寄给她图样,想按照这个图样重新布置我的花园。她寄给我艾克的、她母亲的照片以及她自己孩童和年轻时的照片。我们交换彼此对图书、音乐和电影的看法,她喜欢去南方度假,而我喜欢到北方度假,她喜欢养狗,我则喜欢养猫。

孩童和年轻时期的她使我想起某个人来。是想起了我的一个姐姐,想起了埃米莉,还是想起了我的妻子?我不认识这个照片上的姑娘吗？我想起我认识的一个姑娘，好像我曾同她玩耍或者跳舞，或者还追求过她。我在地下室里看到一只放着照片的纸板盒，本想拿来比较一番，但后来还是作罢了。

四月中旬，我收到了来自特罗姆瑟的一封信。那位旧书商发现了写给赫伯特·施罗德的三十一封信和一张明信片。扣除之前得到的两千欧元，他希望我将其余的七千六百欧元汇到他在伦敦一家银行的账户里。收到这笔汇款之后，他便寄出这些东西。倘若我希望他以急件寄出，就得额外汇一百二十欧元给他。

我家里可没有那么多的现金。当我考虑如何筹措这笔钱款时，忽然想起了奥尔加的那本银行存折。我带着存折去了银行，用一万两千马克换回六千多欧元，这样汇出去的现金就有着落了。

又是两周悄然过去，又一个周三中午的十一点，一份急件才将那个大信封带给我。那个信封里还有另一个信封和旧书商的一封信，不过没有日期、没有称呼、没有问候，只有签名。

很抱歉让您久等了，不仅因为我有很多事情要做。起先，我如果不是一封接一封地拿信看，就无法面对那堆积如山的信件。然后我就上瘾了。我发现有一封信说的是嫉妒的故事，还有一封信说的是兄弟之争，我被吸引住了，渴望看到更多。我发现有一封信写于占领时期，说的是围绕卑鄙和背叛之间的一个戏剧性事件；有一封信来自解放后，是那个写信者——一个卖国贼预告自杀的消息。我攻读过历史，原以为我可以按照其本来面目认识过去。然而，在阅读了另外三四十封信之后，我不仅对我渴望闯入他人的生活感到恶心，还意识到历史并非真实的过去，那是我们赋予它的形象。我祝您在阅读您的信件时能获得比我阅读时更多的快乐。

阿斯科·赫勒兰

27

信封最上面是一捆奥尔加写给赫伯特的信件。即便没有解开这条细长的蓝色绳子，我也能看到那是一九一三年至一九一五年间的二十五封信，按照年月顺序排列，最下面是最早的，最上面是最晚的。令我惊讶的是，我发现了奥尔加写给赫伯特的其他信件，分别写于三十年代、五十年代和七十年代。有一封信是赫伯特的父亲写的，写于一九一三年八月十日,还有一个朋友写的一张明信片,写于一九一四年一月,明信片上面是一幅描绘维也纳霍夫堡皇宫的画作。

老兄:

我从埃尔温那里听说,你在冰天雪地里闲荡。该死!我被调往维也纳工作。舞会开始了,我们需要每一个舞者。别和爱斯基摩女人纠缠,快到这儿跳舞吧!

你的老朋友莫里茨

父亲的那封信是徒劳的象征,信封和信笺是用厚纸做的,加上了压印有花纹的名字。

我的儿子:

自从你离开我们前往柏林之后,你的母亲就生病了。她的肺一直很虚弱,这次并非是她第一次患肺炎。不过她的发烧、哮喘、浓痰和疼痛的症状还从未如此严重过。我担心她是要死了。我不离开她的床一步。

她说话的时候,说的都是你。回来吧。来接管庄园和工厂吧,结婚生子,让我们在这里接纳年轻的生命。有时人们需要一次打击才能明白事理。我们现在明白,我们说的话都不作数，只有你想要什么才作数。

快回来吧。

你的父亲

信是用倾斜而宽大的黑色字体写的，笔尖刮伤了信笺，留下了细微的墨渍，签名时出了点小错，像是手滑了一下。难道父亲写这封信时非常激动吗？或者匆忙写就，因为他希望这封信马上寄出，可以在赫伯特出发前往东北地岛前抵达他的手上吗？

我对赫伯特的父母没有什么印象。我从奥尔加的叙述中知道他们十分在乎赫伯特。是在乎他，还是在乎他的姓氏和这个要继承家庭遗产的人？父母俩有着同样的想法吗？这位父亲署名时不用"你的父母"，而是用"你的父亲"——难道一直以来，父亲对赫伯特的婚姻和母亲有着不同的想法，却最终附和她了吗？

这封信如果能够抵达赫伯特的手里，是否就能改变他的命运和奥尔加的命运？奥尔加会愿意做这个不被公婆接纳的媳妇吗？她会愿意和赫伯特以及他们的孩子一起在公公婆婆的眼皮底下生活吗？难道赫伯特会放弃自己的梦想，成为一个地地道道的地主和工厂主吗？

如果赫伯特看了信，事情会如何发展？这个无关紧要。奥尔加的人生是对还是错，这也无法判断。可这一点却让我思考。

28

我需要留出时间处理奥尔加的信件。捆扎信件的细绳打了蝴蝶结，我本想把它拉开，却把它拉紧了，因为我没有马上发觉，所以拉得越来越紧。我没用厨刀和剪刀，拆开结头，解开了绕在一起的疙瘩，终于从结头和捆扎的包裹间抽出了细长的蓝色绳子。

我把那些信放到那张大餐桌上，排了五排，每排分别有五封信。那些信封是白色的，用索恩耐克公司的自来水笔写出的笔迹是蓝色的，向上的笔画很细，向下的笔画很粗，那些印着日耳曼妮娅妇女侧面像的邮票五颜六色，每封信上的邮票是一张一毛钱的红色邮票或者是灰色和棕色的两分钱、三分钱和五分钱邮票的组合。一九一四年七月之前的信封左上角写着"留局自取"，之后的写着"留局待领"。第一封信是一九一三年八月二十九日的，最后一封信是一九一五年十二月三十一日的。在一九一三年八月三十一日的第二封信上写着"先拆阅！"。我把三十年代至七十年代的信件放到第六排。

我走进厨房，拿了一把有锐利尖刃的菜刀，我可以用它打开信封，而不会对信件有任何损伤。我拿起最后一封信，拆开信封，抽出信来，把它抹平。我每拆开一封信，写上字的信纸和被打开的信封就被秩序井然地并排分成两堆。

我在一封信里发现了一张照片。奥尔加坐在一张椅子上，脸上露出微笑，双手摆在膝间，在她旁边站着一个可能才十岁的男孩，大睁着恐惧的眼睛。我认出她就是花园里的姑娘，也是逃难后的那个成熟女人，这是她作为年轻女子的第一张照片。她并不漂亮，她的脸上没有什么可爱迷人的地方，但显示出坦率和明事理的一面，维多利亚说得对，结实的颧骨给了她一种斯拉夫人的痕迹。即便在这张照片上，她也把自己的头发盘成发髻。

我还不想开始阅读。我觉得仿佛和奥尔加有个约定，仿佛她马上就会过来，可还在让我等待她的到来。那我就等着她，然后想起了那个姑娘和那个我未曾见识过的年轻女子，想起了林克小姐，我曾在她的脚下玩耍，她来到我的病床前看望我，当我不被父母理解时，她却能理解我；想起了奥尔加，我们在她晚年时的相遇、相处以及我们之间的亲近。我回想起她的姿势、她说话的声音、她的绿眼睛发出的明亮光芒。

我又去了一次厨房,冲好了茶,倒满保温壶,再拿到餐桌上。那是下午,外面阳光灿烂,小鸟在歌唱。

我拿起第一封信读起来。

第三部

一九一三年八月二十九日

你怎么能如此欺骗我呢？我问过你，你在冬季来临前回来吗？你说过会回来的——那是我们最后一个夜晚，我们做过爱，我们亲密无间——若是你后来不珍惜这种感情，那么你从前珍惜过吗？你一直在欺骗我吗？对你而言，我是一个你可以用任何故事搪塞的孩子吗？或是一个太笨拙，以至于无法理解你那些伟大的男人想法的女人？你是想保护我吗？你在保护你自己，不是我。你若是说出真相，那我也会对你说出真相。因为你在卡累利阿取得了成功，你就会无往而不胜吗？你在卡累利阿碰上了好运。你一生中总是碰上好运。好运冲昏了你的头脑，使你失去了理智。

有两个人离开了你的探险队。你也欺骗了他们。你想成为阿蒙森那样的人吗？你已经宣布了这一伟大的目标，已经没有回头路了,只有胜利或者毁灭吗?阿蒙森想抢在斯科特之前,你想抢在谁之前?除了你,谁还对东北地岛、海路以及极地感兴趣?宁可在青春年华时丧命——你说过,这和探险队毫无关系。这也是一句谎言。你想通过毁灭而成为英雄,那你就去吧——不,我不想作孽。可你别想着作为英雄而毁灭。英雄死于伟大的事业,而你死于虚无。不是勇敢地为人类奋斗,不是对人类有益。你就是被冻死了。

你怎么可以干出这种事来?要为了一个空洞的目标舍弃我,舍弃我们的爱情,我们的生命吗?我知道你不适合过小市民的生活,我从未要求过你什么。但我们可以共同度过一种生活,一种夫妇恰恰可以忍受的两地分居的生活:她待在家里,而他不得不远走他乡,作为士兵或者学者或者水手。那是我们的生活。即便当你离开,当你向往远方,或者当你在我身边的时候,我们都渴望着彼此——我们很幸福。那是一种坑坑洼洼的幸福,却是一种正儿八经的幸福。我们的幸福。这比不上你愿意让自己在青春年华时丧命的那种价值吗?就像是这首无趣的诗所写的:在青春年华时丧命。没有任何东西,也没有人使你丧命,勇敢的奋斗对人类有益——人类指的就是你我这样的人。

当你制订或者讲述计划的时候,当你出发或者回来的时候,我一再被你迷倒,被你闪闪发光的眼睛迷倒。你就像一个孩子,被世界和生命征服了。可是孩子不会专注于这种游戏。他们会走极端,但不会逾越这个极端。那是他们魔术的一部分。而你的魔术——我现在发现这是一个可疑的魔术。

你欺骗了我,欺骗了两次。你若是告诉我你的打算,我一定会同你较量一番,我一定会喊叫、乞求、痛哭,我一定会竭尽全力使你改变想法。如果你还是执意做出这样的安排,那么我们至少已经解决了彼此的分歧。或许我会理解你,在那空洞的神情和空洞的言辞后面看到真相。

起先我怒气冲冲,现在我依然满怀悲伤。你摧毁了我们原来的一切,而你为何要做出这等事来——无论哪种理由都一样可怕:你是因为太胆小还是因为太舒适而害怕真相,还是因为你完全无法想象你的谎言招致的结局。我不知道我们之间应该如何前行。

一九一三年八月三十一日

赫伯特，我最亲爱的：

　　这是你收到的第一封信吗？别看另一封信了。当我获悉你要在冰雪中挨过冬天，我担心得都快要疯了。我指责过你。你对你的生命和我们的幸福视同儿戏，这一点伤害了我。可我不想指责你。你想要考验自己，考验你的队友、你的装备，你愿意为伟大的行动时刻准备着。难道你已经启程投身到伟大的行动中去了吗？我愿意相信你。我和你一起希望，并且为你祈祷。但愿你有了合适的衣服和合适的口粮，和你的队友们和谐相处，保持信心。报纸上说你动身太晚，冬天马上就要来临。我现在知道，这对你而言没有太晚。你没有回避冬天，你在寻找冬天。

　　我指责我自己，不是指责你。自从认识你以来，你太自信了,见识过卡累利阿之后,你以为自己能量大得不得了。你在发出耀眼的光芒。我喜欢你让自己欢欣鼓舞、挥霍精力以及克服困难的能力,我喜欢你发出耀眼的光芒。你就是这样的人,我不能如此爱你,同时又期待你很理智。而我很理智。我一定会劝说你,努力劝你放弃在冰雪中挨过冬天。或许我无能为力,但或许能做到。

我给你写的信,且等一切了结之后你再看吧。我很喜欢让我写给你的信陪伴你,所以你总能找到一封信:当船抵达时,当你们动身时,当你们稍作停留时。我觉得仿佛你马上就要看到我的信,然后忧心忡忡地开始读,我惶恐不安,然后你微微一笑,因为读到我为你发出耀眼的光芒而喜欢你,然后你皱着眉头,因为我本来想要劝你放弃在冰雪中挨过冬天。我不得不强制自己,告诉自己,我写的这封信会被搁置很久。当你看到这封信的时候,你已经回到了特罗姆瑟。你马上给我发个电报,我就不再担惊受怕了。如果你看到这里,明天或者后天,就给我发个电报吧,告诉我你的船何时到达汉堡,我会站在码头边上等待你的归来。我现在思念你,当你看到这封信的时候,我也在思念你,直到你重新回到我身边。

我用我的想象和我的爱情陪伴你。我不知道你在这艘船上还要待多久,什么时候在东北地岛。我可以想象的是冰、雪、群山、山崖、冰川,雪堆积成了雪堆,冰堆积成了冰块,那些冰川充满着裂缝,在冰川之上还有夜空,而夜空中的太阳只能惨淡地出现在地平线上数小时。当我设想这一幕的时候,我感到恐惧不安。我在为你祈祷。可我觉得仿佛上帝听不见我的祈祷,仿佛他和你一样远隔万水千山,或许在北方的不知哪里,在冰天雪地里。不过他在的地方也是你在的地方,或许是好事。上帝啊,请保护好我最亲爱的人吧。

你的奥尔加

一九一三年九月二十一日

我醒来时第一个想念的和入睡前最后一个想念的赫伯特：

今天是星期天，礼拜和管风琴演奏已经结束，学校并不要求我只能想着孩子而不能想你。我们有过阳光明媚、和煦温暖的夏日，可如今快要临近秋天，我朝那些树木看去，看到树叶开始泛黄。我没法在这样的天气里不想到你——就让上帝给你一个赏心悦目的天气吧。三周前，学校重新开学了。第一周，孩子们一如从前，他们的心仍在假期里，坐也坐不住，到了课间休息时犹如小狗那样奔跑，扭打在一起。有些人可能希望回去收割庄稼，我看到过他们在收割时像牛马一样地干活，挥汗如雨。第二周，他们沉默无言了，这也是一如从前，仿佛他们自暴自弃了。上一周，他们如梦初醒，自此以后恢复了常态。每一个开学的第二周，我总是担心他们状态不佳。

可每一次，那为人们解围的第三周总是如期而至。

好在秘密督学到了第三周才过来检查。他检查得很严格，当他最后想指挥孩子们唱歌时，他们却唱不出来，后来他摘下单片眼镜，开始和学生们一起引吭高歌。他对我很客气。他说当我被调派至行政专区古姆宾年①时，有人表示很担心，说是有一些关于我的流言蜚语。

学校领导虽然不关心流言蜚语，但必须认识到有什么危险，并且防止这些危险。他说，现在我的教学很认真，他在行政专区的男女教师名单里看到了我的名字。我想知道是什么样的流言蜚语。他说，我们别再纠结这件事了，你的档案里什么也没有。

我当时只知道维多利亚在牧师那里对我说三道四。她一定在她所有朋友的父亲那里都做过这种事，他们或是贵族，或是军官，或是主政一方的政府高官。我至今都无法理解维多利亚。我不明白她为何拒绝见我。当我终于等到她了，她却如我所料溜之大吉，跑下大街，然后隐蔽在学校附近的篱笆后面。我知道她在哪儿，我对她说过话，可是她不回答，躲藏在篱笆后面不出来，我不想硬拉她出来。或许我本该这

---

① 1945 年前属于德国。现名"古谢夫"，位于俄罗斯加里宁格勒。

么做的。

为什么，赫伯特？因为我不再是可怜的孤儿，不必对掉在她桌子上的面包屑表示千恩万谢吗？因为我上过大学吗？不只是秘密督学，学校里也有其他人暗示我不必担心因为上过大学而被孤立。我只是一名教师而已。我想起你在提尔西特祖国历史与地理协会做报告时，提及柏林要筹备一九一六年奥运会，当我要提出问题时，却被忽略了，后来我站了起来，却被告知已经过了提问题的时间。是我不够格所以没被选中吗？所以我才挣得比男教师少吗？所以我不能成为一校之长吗？即便他们不是在歧视我们，也还是认为我们低人一等吗？

我未曾和你谈起过这些事情，甚至也没有谈起过维多利亚。我是太骄傲了，也担心你会说什么。我知道我去上师范学院，毕业后做教师，你会感到恐惧不安。可我究竟应该做什么？而我假如做了女仆，或者做了工厂女工，又如何能成为你的配偶呢？当你写下你的报告和信件，给我朗读，我们谈论这些东西时，秋日是多么美呀！你坐在桌子的一头，我坐在桌子的另一头编织、缝补或者将标签粘贴到我们烧煮过的果酱瓶上——你还记得吗？

你思念我们安静的小屋吗？从寒冷的世界回来之后，你感觉待在小屋里心旷神怡，对远方的向往已经不再折磨你了吗？回家吧，我最亲爱的，回家吧。

你的奥尔加

一九一三年十月十九日

我又在你身边了，赫伯特。否则我又能怎样——你曾经整个下午在我这里，和我一起做果酱。

昨天乘火车到梅劳肯①，在乔木林里采摘了七磅的覆盆子——若不是开始下雨，雨停不下来的话，我还可以采摘更多。秋雨凛凛，昨天一整夜，今天又是一整天地拍打在仓库的屋顶上。现在静谧如初。厨房里很热，我打开门，让新鲜空气吹进来。

你记得吗？我如何将食糖浸入冷水中，在大锅里用微火溶解起泡，直至它变得清澈透明？我如何再加上覆盆子烧煮和搅拌，直至我拥有浓稠的覆盆子果酱？你睁大眼睛在一旁

---

① 曾经是德国东普鲁士的一个乡村，今属俄罗斯加里宁格勒。

注视着。去年做的果酱甜得要命，所以这一次我少放糖了。七磅的覆盆子和八磅的食糖——我装满了二十二只瓶子！我多想再让你用硫黄给那些瓶子和盖子消毒。你还记得吗？你用那把小钳子抓住硫黄线，把一只只瓶子倒过来杀菌，我把覆盆子果酱装进去，往里面倒了一茶匙药酒，然后我们用带有硫黄的盖子盖住瓶子，再罩上潮湿的仿羊皮纸。没有了你，我不得不像机器那样迅捷而细心。我大功告成，可我想念你。做我们一起做过的和我现在独自做的一切时，我都会想念你。做我们虽然还没有一起做过，但我知道我们可以一起做的一切时，也是这样。

我们分别后唯一的好处，就是我可以写信告诉你，我有多么想念你。当我们在一起，我告诉你我有多么想念你或者会多么想念你时，你总是皱着眉头，不愿意听到这样的话。你以为我会抓住你不放，禁止你外出旅行。我不会抓住你不放。我知道你必须外出旅行。我只是想念你而已。

我为今天烧煮出的果酱而高兴。这些瓶子里的果酱将使我安然过冬。当我把配面包用的最后的果酱吃完，你又会回到这里了。

你的奥尔加

一九一三年基督降临节第一个星期日

十一月很可怕。艾克得了白喉，医生没有马上诊断出是这种病。一开始他感到虚弱无力，咽喉发痛，然后艾克又说肚子痛，忍不住呕吐了。我们本来以为没什么要紧的，出现轻微的发烧症状时也这么想。孩子们不该在寒冷潮湿的秋日到外面玩耍，仿佛现在还是夏日一样。可发烧的度数上去了，医生也过来了。他是一位老先生，平静而和气，家住在斯马利宁凯，四邻八乡的事都得管，要负责接生所有的孩子，要让所有的死者平静地离开人世。他认为艾克的状况不算太糟。他的听力和视力都很差，但迄今为止并没有传染任何人。老先生的嗅觉很差，他没有从艾克的嘴里闻出那种甜得恶心的腐烂气味，尽管我闻到了他的气味，但还不知道他得的就是白喉。

艾克受了多大的折磨呀！他咳嗽，剧烈地干咳，先是夜里，后来白天也是。他无法吞咽东西，难以说话，难以呼吸。他滚烫的身体，他忍受的恐惧——孩子们不该吃那么大的苦，我好想替他吃苦。每天我都要急匆匆地奔到学校去，再回来给他的脖子和小腿肚冷敷，给他的脸冷敷，给他喝加了蛋黄、金光菊茶和大蒜茶的红葡萄酒，感觉自己对所有的一切都那么无能为力，那么无可奈何。我觉得上帝仿佛听不到我的祈祷，仿佛他真的远在海角天涯，仿佛我向他请求的是待在你这里而不是待在艾克那里，保护我爱的这个男人而不是保护艾克这个孩子。想到我没有照管好艾克，我就会哭泣；如果我睡着了，马上就会惊醒。

那种情感驱使我去了提尔西特的图书馆，而医生并没有看出我心急如焚。我找到了一篇有关白喉的报道，当我向医生指出那些症状时，他并没有难为情，而是表现得好像他都知道似的。但为时已晚。艾克本来应该在疾病发作三日之内注射抗毒素药物。可总归还不算太晚，他注射药物之后，身体一天天好起来。但他十分虚弱，很长时间一直虚弱不堪，他不能受累，甚至都无法从床上坐起来。不过多幸运呀，我可以照料他让他恢复健康，而不是担心他病得越来越严重。

今天是我可以让艾克独自待着的第一天，是我可以重新想起学校，想起修理屋顶，想起还没有送来的冬季用的煤球的第一天。我想起了你，我每天都在想着你。你应该和我一起陪伴在艾克的床头。我知道你不明白这一点，我的理智告诉我，我不能对你有任何埋怨，但我的心满怀指责。

我看到你站在我面前，看到你倾听我说话时如何注视着我。对我想从你这里听到什么，你没有把握，你感到很委屈，因为你毫无作为，理应为此受到指责。你感到自己有责任，因为你没有像我爱你那样爱我。你希望一切都好。

你是一个孩子，赫伯特。

你的奥尔加

一九一三年基督降临节第二个星期日

我亲爱的赫伯特：

　　假若你没有将你的生命视同儿戏，我或许永远不会告诉你这件事。可之前不可能的东西，现在成了可能，而曾经不可言说的，现在也可以言说了。

　　艾克是你的孩子。我原以为你在第一次看到他时就一定注意到这一点了，即便不是第一次，那么在第二次或者第三次的时候也会知道。我原以为你一定会认出自己的亲生骨肉。他和你相像的地方那么多，他的身材，他的果敢坚决和无所畏惧，他那种毫无恶意的自私，尽管他不愿用这种方式伤害别人，却还是伤害了他们——他简直对别人视而不见。一旦有什么刺激到他，一旦他做出了什么了不起的成绩，他就像你一样喜形于色。

在你启程前往德属西南非洲没几周，我就知道自己怀孕了。我有喜了——我当时就感觉到了，即便我不知道自己将如何应对这一情况。直至今日我依然是这样的感觉：艾克是我生命中的恩赐。

我交上了好运。萨娜是我一个师范学院女同学的姐姐。她在我生产时帮了忙，并将艾克作为弃婴申报，然后收留下来，政府很高兴有人收养了孩子。我竭尽全力地照顾他，对她而言，重要的不是金钱。我和萨娜成了好姐妹。她并没有把艾克当作自己的孩子抚养，我也不希望这样。她跟他说，是她捡到的他，因为喜欢他就把他留下来了。他知道她爱他，也知道我爱他。我作为萨娜的朋友，以类似阿姨那样的身份在他面前出现。

那时我恐惧至极。害怕有人看出我有孕在身。害怕我刚搬家到这里阵痛就会开始。害怕萨娜还没赶到我这里，我就开始分娩。害怕我会在生产时大吼大叫。好在万事顺遂。我给自己缝制了合适的衣服，在合适的时刻打发邻家男孩到萨娜那里，我并没有大吼大叫。

就在我抵达此地一天后，艾克诞生了。

为何我对你只字不提？如果你能认出他来，我一定会很开心的。如果你认不出他，那他就作为我独享的幸福吧。可你没有认出他,因此他是我的幸福,是我唯一的幸福。我只希望,当你回来的时候,你知道我是谁:我不只是你认识的并且爱你的那个人,我还是艾克的母亲。

有时我醒来,觉得仿佛你不会回来了。有时我醒来,觉得仿佛你要回来,而我已经不在人世。这种恐惧在跟我们玩怎样的游戏!可是如果我不在人世了,你得帮助萨娜。不要提出任何要求,不要抱有任何期待,最好默不作声。

不管怎么样,我都不会改变。

你的奥尔加

一九一三年圣诞节

　　白茫茫一片。写上一封信的时候就是这种样子，但是我写那封信时却没有注意到这一点。雪也还没有像今天这样美丽动人。昨天早上开始下雪，直至今天早上才停息。昨天去教堂，好在圣诞晚祷和唱诗班最后一次一起训练，那时天还亮着，可是雪下得如此之大，我要费很大的劲才能找到路。回家的路上，夜幕已经拉下，我找不到我的家。后来才找到了我的住所，这里可没有那么多的房子，但有一瞬间我迷失在黑暗、大雪和寒冷中。像你一样。

　　现在，天空湛蓝，太阳照耀，积雪闪烁。做完礼拜后，我去了艾克那里，可马上又不得不回家。邻居借给我雪橇和马，否则我真没法踏雪穿行，而邻居下午也要用雪橇和马。我好想继续待下去，也好想乘着雪橇在雪中待上更长时间。

此刻我坐在桌旁,望着辽阔的原野。白色让我眼花。一只秃鹰在空中盘旋。有时,它俯冲下来,找到了雪下的老鼠,它如何知道那里有老鼠,在我看来是个谜。它是否就是我们最后一次野炊时见到过的那只秃鹰?

你在哪里,我最亲爱的?在你那艘被冰层冻住的船上吗?在一间小屋里吗?我看到过新闻,说是渔民、猎手和学者们在斯匹茨卑尔根群岛建造了那些小屋。在一间爱斯基摩人的圆顶冰屋里吗?我看到过对这些舒适住房的描述,它们是爱斯基摩人用雪和冰制造起来的,他们能安然过冬,但愿你们也能。今年我们俩没有圣诞树了,既然你没有,我也不想有了。不过你会有灯光,一支蜡烛或者一盏电灯。我点燃了那支很粗的红蜡烛,那是我们去年买的,还一直保留着呢。下一个圣诞节我们再一起点燃它吧。

三年前的今天,你曾经问我是否要嫁给你,你不明白我为何说不。这不仅仅是因为我可能会失去这个职位——没有了这个职位我什么都做不了;而你又要出门旅行,那是你不愿意舍弃的。也不仅仅是担心,担心你的父母和你断绝关系,剥夺你的遗产继承权后,你有朝一日会对我恼火。更不仅仅是担忧,如果你姨妈的遗产被我们花光之后,我们该靠什么生活。而是因为艾克。如果没有争吵、判决和入狱,我们就无法表明自己是他的父母。我们恐怕也无法将他作为养子收养，人们不到万不得已，不会让孩子们从一个寄养家庭调换至另一个。因此，或许只能这样，我和你作为夫妇生活在一起，而他，我们的孩子和我们分开——这一定是错得很离谱，而我无能为力。

还有另外一些情况。小时候，我是多么渴望有一个家庭，我在这样的家庭里被爱着，它使我坚强，助我一臂之力。然而我没有这样的家庭，不得不独自一人应付所有的一切。我也独自一人生下了艾克，独自一人照顾他。这一切都是我自己完成的，我为此自豪。现在学会这种你们男人希望过的共同生活，为时已晚。我不会适应，不会屈从。你能学会这样生活吗？你愿意这样吗？

有时我会做梦，梦到你回来了，问我你从未问过的所有问题：我想如何生活，我是否更想做其他的事，而不是给那些不愿意上课的孩子们教课，以及我想看到怎样的世界，我想去哪儿旅行，我想在哪儿生活。你说不管怎样你都可以帮助我。在普鲁士，女人们也可以上大学读书，这样我就不必到苏黎世去，只要到柏林去就行了。

从所有的梦里向你致意！

          你的奥尔加

一九一四年新年

我亲爱的：

　　新年前夕，我去了萨娜家，今天早上步行回家。圣诞至新年期间，天气变得越来越暖和，雪融化了一些，然后又凛冽起来，雪结冰了，冰晶今天上午在太阳下闪烁得如此明亮、美丽，那是我从未见过的。你要是能和我一起看,该有多好呀。

　　昨天晚上，艾克又像生病前那样生龙活虎、兴高采烈起来。萨娜的几个大孩子可以待到午夜才睡觉，艾克和小孩子们在做完预卜未来的铅卜①之后就不得不去睡觉了，嘴里还在伤心地嘀咕着。可一躺在床上，他就睡着了。我要问问医生，艾克是否还需要护理。假若他还需要，就必须这么做，即便

---

①德国人中常见的新年传统，人们把铅融化掉，根据其冷却的形状预测未来。——编者注

让他安静下来并非易事。

新的一年我有很多打算。我想买一架钢琴，可以练习所有的贝多芬奏鸣曲。我想买一辆自行车，可以更轻松快捷地到艾克那里去，到提尔西特听音乐会或者听讲座，不用害怕结束后搭不上火车。但就算是购买二手货，我也需要钱。我和萨娜想做果酱，她再拿到提尔西特的市场上去卖。我想养一些鸡和一只山羊，我以前看到山羊奶会不寒而栗，不知为什么，最近我尝试着喝了一口，味道很鲜美。我想阅读但丁的《神曲》。

我想和你说很多话。或许我说得不对。或许律师可以教我们如何承认艾克是我们的孩子，然后收养他，不必因为可能犯下的罪行锒铛入狱。或许我们还是可以结为夫妇。假若我失去了工作，我就为你写一本你们探险队的书，你只要把探险队的故事讲给我听就是。如果这本书成功了，我们在用完你姨妈的遗产之后也可以过下去。或许，你的父母会开恩的。如果他们不把家产给你，又能拿它干什么？

哦，赫伯特，昨天生龙活虎、兴高采烈的艾克送走了旧的一年，在今天这个阳光灿烂的早晨迎来了新年——我满怀希望。或许一九一四年将是我们的幸运之年！

你的奥尔加

一九一四年一月二日

今天《提尔西特报》报道说,你们那艘船被卡在冰排之中,你和另外三名队友下了船,无法坐船抵达约定地点了。船长舍弃了船,历尽千辛万苦才抵达一个居民点。

你在哪里,我最亲爱的?你在一间小屋里过冬吗?或者你已经回到船上,并在船上过冬?或者你也在前往一个居民点的路上,我过几天就可以在报纸上看到你的消息,就如今天看到了船长的消息那样?他奄奄一息,被冻得半死不活——我看到新闻说有一个人的脚趾被冻坏了,可是人没有脚趾也可以步行、奔跑和跳舞,如果你少跑一些,更多地待在我身边,那也不会有问题,而即便你有多么精疲力竭——我也会对你精心护理。我们并没有经常一起跳舞,实际上只有一次,在尼达举办的教堂落成纪念日年市上,你起先不愿意，可后来还是兴高采烈地和我跳舞了，绝不可能更兴高采烈的了。那是一种农村的华尔兹——我好想和你跳华尔兹，我不会跳，你可能也不会，所以很想去学校找一个领舞者学习跳舞。

  我好想和你做那么多的事。跳舞，滑冰，乘雪橇，去采蘑菇，去寻找山桑子，我为你朗读，你为我朗读，和你同床共眠一起醒来。旅行，乘坐火车和出租车，住旅馆，像有钱人那样。我不想和你一起到北极地区，可现在就想待在你身边，哪怕在船上，在小屋里或者在帐篷里，或者在天寒地冻中的一个洞穴里。我们可以相互取暖。

你的奥尔加

一九一四年二月十七日

我最亲爱的：

　　昨日，一支德国救援队启程寻找你们。一月，就在那名船长抵达后不久，一支挪威救援队也已动身，但因为天气异常不得不返回。那支德国救援队满怀信心。可你当时也是信心满满，德国人总是信心满满，挪威人也信心满满，他们最熟悉那儿的地形。我却常常因为忧心忡忡而无法安眠。

　　你父亲的来访又更加令我忧心忡忡。对，你没有看错：你父亲到这儿来了。他今天在学校边上等候我，虽然时隔多年，但我还是马上认出了他。他老了，拄着拐杖，头发白了，脸上全是老人斑。不过他穿着皮大衣、脚蹬系带子的靴子，笔挺地站在学校门口脏污的积雪中；他也笔挺地走路，尽管这样做明显让他感到很吃力，他的嗓音高亢有力，那根拐杖有一个银制球形捏手。

他想知道我是否知道你有哪些计划。正如我原先期待的那样，你母亲和他也期待你在冬季来临之前回来，他们现在怀疑是否你骗了他们，是否你一开始就想在东北地岛过冬，或者你是否还有其他计划，关于那些他们一无所知的北方海路和北极。你父亲竭力主张再增派一支救援队，如果天气好转，更有把握成功的话，救援队有望在三月成行。但救援队应该去哪儿寻找呢？

我们沿着泥泞的大街走着，然后走到学校周围那条通往我住所的路上，你父亲的小轿车跟在我们后面，尽管只有几步路。他在我的住所四下张望，仿佛指望看到丑陋的贫穷，却惊讶地发觉我这里的一切是多么令人愉快。他没有脱大衣，坐了下来，我给他泡茶，跟他说起我所知道的一点情况。他仔细倾听，最后他干坐着，一声不吭，只是点了几次头。

然后他站了起来。你父亲从未像你母亲，尤其是维多利亚那样以居高临下的态度对我，仅仅是保持着距离。正如他要求得到尊敬一样，他也彬彬有礼、尊敬有加地对待我这样的年轻人。我想到，当我们的恋爱关系令他不悦的时候，他有时持拒绝态度，可还是显得很有礼节。一个人在面对男地主和女市侩之间的鸿沟时，这样做已足够彬彬有礼了。

他站在我面前，抬起头，我发现他在哭泣。眼泪流到了他的脸颊上，他眯起眼睛，抿住嘴唇，他的肩膀在耸动。"我很抱歉，"他翻来覆去地说，"我很抱歉。"我走到他跟前，想拥抱他，就像拥抱我的学生那样，也包括那些大男孩，可他摇摇头走了。我一直跟随他走到拐角，看到他爬进小轿车里，小轿车随即扬长而去。

"我很抱歉。"——这句话在我耳边听来很可怕，恍若他在谈论你的死亡一样，一个哀悼的男人对一个哀悼的女人谈论。可这是不可能的，他相信你会得救，正在为争取一支救援队而竭尽全力。如果不是这样，那又是怎样呢？他有什么好抱歉的？他又为何而来呢？若是他写一封信来问我，我肯定会回信告诉他我了解的事。

所以我才感到困惑不解，而这种困惑不解又使这种担心变得更严重了。如果你在前往下一个居民点的路上，那就坚持到底吧。如果你不得不待在小屋里，那也坚持下去，直到可以离开或者救援队来了为止。

我用我的爱守护你。

你的奥尔加

一九一四年三月八日

是春天了！我在萨娜家里过夜，大清早穿越田野。要是你瞧见附近的灌木和树木，几乎看不到那些绿色的蓓蕾。可是当太阳升起，天空闪闪发光，鸟儿开始欢叫，灰褐色的森林上空就笼罩上了一层绿色薄雾。教堂入口旁边的连翘也长出了黄色花蕾。

春天给了我勇气。当这里是冬天时，我也看到你在冬天里。现在我觉得，仿佛你那里也是春天，仿佛冰雪融化，山崖外露，小溪潺潺。你记得你问过我，冰原荒漠里生长着什么吗？冰原荒漠里什么也生长不了，可是，东北地岛上却生长着苔原，春天里有些地方就变绿了，或许还有一两朵小花盛开着。我知道你们那里的一切都要比这里晚。可如果到了那时，你看到花朵初放——你会想起我吗？对，你会想起我，我知道。

思念是什么？有时思念犹如一个无法视而不见、无法挪开的物体，它常常挡住了去路，却属于房间的一部分，我对此已经习以为常。可是，突然之间，它又像是一次落到我身上的重锤，我真想吼叫起来。

我不想催逼你，我又如何能催逼你呢。如果你能回来，你就回来吧。可我不会再让你离开了。

你的奥尔加

一九一四年三月十五日

我的丈夫：

因为你就是我的丈夫，不管国家和教堂是否给我们主持过婚礼。你是孩子的父亲，你就是我的丈夫。

我和艾克在提尔西特，当我们从威廉·纳格霍特照相馆旁边走过时，我抵挡不住诱惑。我走了进去，叫摄影师给我们拍照。你看到的就是这张照片。我们完全可以在一张背景前拍照，有一个背景是高沙丘[1]，有一个背景是橡树林，还有个背景是一片中世纪的废墟。可我不想要这样的背景。我是只想为我们俩拍张照而已，我坐在凳子上，艾克在我旁边。他觉得一切都有点阴森可怕：那些背景，那些道具，有着狮

---

[1] 位于德国罗斯托克的波罗的海海滨浴场。

子头的狮子皮、一把小手枪以及一只有正宗马皮和皮制笼头的摇动木马,还有那架在细腿上的偌大的照相机,穿着黑衣服的威廉·纳格霍特。还有那只镁光灯!我们让他做好思想准备,说是灯光很刺眼,尽管如此他还是很害怕,跳起来,然后僵硬地站着。之前他倚靠在我身上,我喜欢这样。

他现在不再喜欢倚靠和偎依在我身上了。他将是一个真正的男孩。他让我想起了你。他的眼睛如你的眼睛那样湛蓝而清澈。他会比你更高大,但同样强壮有力。他不喜欢奔跑,可他也喜欢去没有去过的那些地方,他只是不知道去哪儿。

其他人是否会在他身上看出你的影子来?我就可以。这让我快乐,也让我忧伤。你若是在这里,那该多好,我可以告诉你:瞧,艾克在不屈不挠地跺脚,和你一样,你一定会哈哈大笑着回答道,我的固执体现在我的下巴上,而艾克拥有我的下巴。我们会为我们中谁更固执而争论不休,艾克不会注意到我们争论时并不是认真的,他会心急如焚地过来,希望我们握手言和,然后我们会相拥在一起,我们三个人。

又有一支救援队前往东北地岛了。据说齐柏林伯爵[①]给

[①] 斐迪南·冯·齐柏林(Ferdinand von Zeppelin, 1838—1917),德国伯爵、工程师和飞行员,发明了齐柏林飞艇,还创建了齐柏林飞艇公司。

他们提供了资助。那么多的救援队能给我勇气吗？它们只是让我心惊肉跳。

　　我是你的，正如你是我的。

奥尔加

一九一四年四月五日

赫伯特，我最亲爱的：

今天是复活节前的星期日，我们唱起了《欢迎你，圣父》中的赞美诗，我本来希望有一支大的唱诗班和一支管弦乐队。不过我们唱诗班嗓音高亢，而那架管风琴代替了管弦乐队。我既做指挥，又要演奏，还要唱歌，那个平时一句话不说的牧师表扬了我。

天冷了，报纸上写道，我们遭遇了自一八四八年开始拥有气象记录以来最寒冷的四月天。花朵凋零，穷人家庭不知道应该从哪儿弄到烧煤球的钱。我有热乎乎的炉子、热腾腾的茶水，却有些良心不安，因为我过得很好。我希望这种反常的天气不至于伤害到你。

我刚起床，走到柜子前，在我的糖罐和蜂蜜罐后面发现了你的笔记，仿佛你本来想把它们藏起来不让我找到似的。或者你是想把它们放在一个不会打搅到我的地方吗？你的笔记可没有打搅到我！

不，也不是这样。我看了这些笔记，为此很生气。远方的魅力，辽阔的荒漠和北极，你对四海为家的渴望，你的殖民地幻想——这都是些什么样的谎言！我知道你并非一个人在异想天开。每一个星期，我无时无刻不在阅读德国在海洋、非洲和亚洲的未来，阅读我们殖民地的价值，我们的海军和我们的陆军的强大、德意志的伟大，仿佛我们要跳出自己的国度生活，正如一个人已经穿不下自己的长袍，需要一件更大的长袍似的。

长久以来，你的梦想要比其他人更诚实。你喜欢虚无，荒漠的虚无以及——你还认识不到的这种虚无，但这种虚无吸引着你，比如北极的虚无。后来，你谈论过荒漠里的种植园、工厂和矿山，谈论过北方海路——你在掩盖你虚无的爱，正如政治家和报纸用经济和政治目标掩盖他们虚无的爱一样。这和目标无关。它们是自我吹嘘的幼稚行为，正如德国的伟大也是自我吹嘘的幼稚行为一样。有时我看到报纸上说，战事即将爆发。战争中，殖民地不会带来任何益处，什么东西也没有，让德国穿上它完全不需要的大长袍，没有任何意义。

法国人、英国人和俄国人早就拥有他们的祖国，德国人很久以来只在心里想象着自己的祖国，祖国并不真正存在，而是在天堂——海涅写过这样的话。在尘世里他们是四分五裂。当俾斯麦最终为他们创造出他们的祖国时，他们已经习惯于想象了。他们再也无法停止这种想象。他们还在继续想象，现在恰恰是想象着德意志的伟大，以及在海洋和遥远的大陆取得节节胜利，想象着经济和政治上的奇迹。那些想象走向了虚无，而那种虚无也是你们本来就喜欢、想要寻找的东西。你写过要献身于伟大的事业，但你也说过要投身于虚无之中、虚空之中。我害怕你想投身其中的那种虚空。它要比恐惧更强大，你会遇到不幸。我当时对你写的东西并没有当真。这让我觉得很陌生，但是没关系，因为你离我很近。现在你远在天之涯海之角。在你的笔记里，你像个陌生人，我发现在我眼里，你当时就是一个陌生人。

我绝望地抓住你不放。

你的奥尔加

一九一四年四月六日

最亲爱的：

我昨天写的所有一切，都是真的，可是……

我喜欢你的与众不同，你的果敢，你的坚持。如果你遭遇了不幸，就把它搁到一边——犹如一条狗从水里出来，抖动身子，让水滴掉落一样。当我悲伤的时候，你从未给过我慰藉，而是像一个无助的孩子那样看着我悲伤。可是片刻之后，你会忽然想起可以用一些疯狂或者荒谬的行动使我摆脱悲伤。在我们年轻的时候——当祖母藏起我的书，你就用黑色鞋油给自己染发，描一根小胡子，好在祖母那里扮演一名强盗拿回那些书。你还记得我的绝望吗？当我们坐在尼曼河畔，我很悲伤，因为我无法把自己喜欢的学生送到提尔西特的高级中学念书，后来你爬到白杨树上，一直爬到令人眩晕的高度，以向我证明一个真的希望远走高飞的人，也是可以远走高飞的。你的想象超出了正常的限度，你的渴望也超出了正常的限度，正因如此，你应该实现超越时代意义的更高目标。

或许你还能找到它们。

而除了超出正常限度的一面之外，你还有我同样喜欢的另外一面。也许我甚至喜欢它更多一些。那就是你的忠诚。我未曾问过你，你也永远不必向我保证，我知道这一点：你没有过其他女人，没有像其他军官那样去过柏林的妓院，在旅途中也没有。当你在短暂或长久的分别之后重新来到我身边，你问我是否依然对你好，依然爱着你，依然想要你，我想对你说，不是因为你值得我的爱，而是因为我对你的爱是一个你难以相信的奇迹。当你告别的时候，你说："别忘记我。"仿佛我当时可能忘记你似的。一直以来我都没有发现，原来你想在我心里拥有我在你心里那样固定的位置。你有点胆怯，即便你没有承认这一点，但你不是一个胆怯的情人，而是一个充满激情的情人，却小心谨慎、温柔体贴。你阐明了自己对人生的期望，正如我阐明了自己对人生的期望一样。我们共同创造了爱的空间——在那里你追随着我，正如我追随着你。可那里没有我们为自己待下去而创造的任何东西。哦，我最亲爱的人。如果你在的话,你的激情和温柔我都接受。正如当你站在我旁边演唱《德意志之歌》时,你起先觉得德意志高于一切,然后德国女人和德国忠诚令你大为振奋,你对我微笑,继而握住我的手那样。

你的奥尔加

一九一四年四月十一日

赫伯特，我亲爱的：

报纸上又写满了你们的消息。几天前，参加你们探险队的四名挪威人抵达了去年年底那位船长抵达的居民点。他们不知道你的任何情况；他们在被冰层阻隔的船上过冬，到了春天才离开那里。

他们至少安然度过了冬天，报纸上说在船上可以过冬，在小屋里，甚至在一顶配置安全而良好的帐篷里也可以。或许那段时间你和你的队员也已经回到了船上。未来几个月里，你们同样会出现在居民点，或者路过那里的某支探险队会找到你们，这种希望是存在的。

五月十二日，这是你在提尔西特祖国地理与历史协会举办"德国在北极任务"的报告四周年的日子。协会计划在当天组织一个纪念你的报告的活动。他们希望不仅可以赞赏你,而且有一天可以欢迎你,他们也说援救你的工作进展得很顺利。

不,我不想再谈论你对远方的渴望了。可是有一种想法让我心生挂念。我几乎从未走出过提尔西特。去波森参加师范学院毕业周年庆典,成了我多年来最遥远的一次旅行。我没有和你谈起周年庆典的事,因为你不会对此感兴趣,我现在也不想和你谈论这件事。那是学校开始放假的时候,所以庆典结束后,我还可以在波森待上一天。晚上,当我独自一人在非常喜欢的城市里穿行,钟声响起,家家户户的灯光点亮,从窗口弥漫开来,这一刻,我顿时思念起我那破旧的乡村和学校后面那简陋的居所。这听起来很可笑,我知道,不过要留神了:这并非是说身处那破旧的乡村和学校后面简陋的居所会让我心满意足。我常常想远走高飞,常常想到外面的世界去,看看巴黎、罗马、伦敦,看看阿尔卑斯山和海洋。我对异国他乡充满怀想,而我这种对异国他乡的怀想无异于我的怀乡之情。肚子有点痛,胸口有点闷,我的眼泪直想往外涌,我不能流出眼泪,而眼泪又无法让我自由地呼吸。

或许你对最终抵达目的地的渴望,就包含在你渴望远方和虚无的实质之中。正如德国人既渴望虚空的世界,又渴望舒适的生活一样。我从未固执地认为你会向我披露自己的想法和情感。可是，如果你回来，我希望你无须顾忌，你大可不必解释在你身上发生的事情。

　　马上回来吧！

你的奥尔加

一九一四年五月十三日

最亲爱的：

　　自上次给你写信至今，一个月过去了。我已经失去了信仰。我一直觉得，自己仿佛在凭借写给你的信在尘世里抓住你、保卫你和保护你。在最近几周里，我无法再相信这一点。当我坐到桌边给你写信，注入字里行间的没有勇气和力量，只有墨水。

　　今天感觉又好多了。昨天提尔西特举行了活动以表达对你的敬意，今天又有一支救援队启程援救你了。活动上的讲话和报纸上的报道颇为乐观。那篇报道没有回避后来对你前往北极地区的批评，但赞赏你的意志力和执行力，并且援引了一位研究学者的话，说一支探险队的成功百分之五取决于设备，百分之五取决于时机，而百分之九十则取决于队长。

我无法很好地设想这种事，也从未听说过这位研究者。不过我知道你作为队长会准备好一切必需的东西。

活动结束时，像上次一样，大家又唱起了《德意志，德意志高于一切》的歌曲。仿佛德国会把你带回我身边一样。或许几个勇敢而能干的挪威人做得到。一切都太嘈杂。我想起你，在我的想象中，你的周围万籁俱静，雪轻轻地飘落下来，一条白色围巾覆盖住了一切。它们让我感到恐惧，那种万籁俱静和白色围巾。

活动开始前一天，校方邀请老师到提尔西特参加教师大会。那次大会也提到了你的名字，你被人赞美，也被人诅咒，什么都有。我为你辩护，这让我感到很舒服。九月对我进行检查的那个秘密督学也过来了，他拥抱我，像慈父一般温和，似乎对你我之间的情况了如指掌，向我表达了他的怜悯之心。他知道我们的事情吗？

那是我第一次参加教师大会。我学会了老师们如何以各种各样的方式应对家长的愿望，比如说让孩子们干农活，而不是打发他们上学。我总是拒绝让他们干农活。有人提醒我们，要从现在开始请学生们多干些大事。一个坐在我旁边的年轻同事说："可不是嘛。"我们之前聊过，彼此理解，我问他这是怎么回事。因为战争，他说，我们应该准备让孩子们替他们的父亲做事。

我认识了很多年轻的男女同事，教师的人数要比我们想象的更多，我们希望大家私下里也见见面。我也要更多地关心业余学校女教师协会的事，不想再把生活的范围局限于我的乡村地区。

我在省吃俭用，马上就有足够的钱了，要么给自己买一辆二手自行车，要么买一架二手钢琴。我必须做出决定。可能是一辆自行车吧，因为我很想走出村里，即使没有钢琴，我还有那架管风琴呢。

我这些天的生活就是如此。我想你，时间还没有过去五分钟，我又不得不想起你来，没有哪个夜晚我的最后一个念头不是关于你，也没有哪个早晨我的第一个念头不是关于你。就让我的思念缠绕着你吧！

你的奥尔加

一九一四年六月十六日

哦，赫伯特，我最亲爱的：

五月不是个好月份。五月，一支德国－挪威救援队找到了你们那艘船，救下了两名在船上坚持到底的德国人。你和你的伙伴不在船上，那两名德国人并不知道关于你们的任何情况。有一支救援队还在路上，它在东北地岛的东海岸寻找你们。报纸上说，这支队伍应该到西海岸寻找你们。报纸上也在说，你们实际上应该已经抵达了居民点，但一个人受伤或冻伤完全可能耽搁整个团队的进程。可是，只要一个人可以启程，他就会这样做。如果谁也没有能力做这件事，你们都固守在一间小屋或者一顶帐篷里，那么寻找你们就犹如在干草堆里找一只大头针那样艰难。报上提及有一支丹麦救援队，他们在格陵兰安然度过了两个冬天。但报纸上也写道，爱斯基摩人一定帮助过这些丹麦人，但东北地岛上没有爱斯基摩人，没有拉普人。

当我在信里向你讲述我的生活时，我就觉得仿佛你会观察我，会陪伴我——从远方，但我却感觉不到远方在哪儿。现在我感觉到了。我给你写的信，还能到得了你手上吗？当我写到你、你的船、你的队员以及援救你们的那支救援队时，我们彼此就离得很近。可是，我给你讲述我的日常生活时，就掉入了一个已在我们之间裂开的洞穴中。

我不想要这个洞穴。我想要你留在我身边。艾克对那些救援队很感兴趣，萨娜那里看不到报纸，于是他在我这里看，看到你的消息，就询问我爱斯基摩人和拉普人的事。我和在教师大会上认识的一个男同事和七个女同事见了面，其他男同事希望在没有女同事的情况下见面，而女同事则担心那样的聚会可能引起校方反感。我们打算永远别谈论自己，一直谈论教课和学生的事就好，这一次谈论的是如何说服父母和牧师让一名学生上高级中学或者女子高级中学。最近几年，我在这方面的成绩比其他人要多一些。最后，我们倒是谈论我们自己了，我们中有一个人想要结婚，可她的未婚夫挣的钱不够花，两个人一起挣钱虽然够了，但她一结婚就得离开教职。顺便说一句，那名男同事继承了一辆自行车，因为是一辆女式自行车，他没法骑，因此愿意廉价卖给我。我和萨娜做了果酱，想周日拿到提尔西特的市场上去卖，正如我们新年前夕时所做的那样。萨娜的丈夫给我搭建了一个鸡棚，下一周我就有雏鸡养了，不久还会养母鸡，这也正是我自己打算做的事。

你记得吗，四年前你做完报告后，我们听到了夜莺的歌唱？今年夏天，我每天夜里都能听到这样的歌唱。我喜欢它的脚步声和嘲啾声，但更爱它悠长的乐声，这些乐声令我心如刀割。夏日很温暖，我很想和你一起躺在尼曼河畔或者大海边，仰望着天空，告别白日，迎接夜晚的光临。天起先还很明亮，然后黑下来了，我们的目光聚焦于无数的星辰，沉醉在天空的深处。夜莺歌唱着爱情与死亡，我们的爱情，我们的死亡。

你当时并没有回答我的问题：是什么把你吸引到北极。你现在有答案了吗？要么到北极，要么上战场，你说过。你的朋友说战争马上就要爆发，米娜老太也说过这种话。她真希望已经看到那四名骑兵回来了。

我常常觉得我无法忍受这些，一切都太过分了，爱情，恐惧，希望，绝望，亲近，陌生。有时我对你很愤怒，这种愤怒简直令我发狂，然后，良心的不安却马上开始折磨我。

来吧，我始终不停地对你高呼，来吧，可你听不见我的声音。听听我的声音，来吧！

        你的奥尔加

一九一四年七月一日

我亲爱的赫伯特：

六月也是令人不愉快的月份。仍在寻找你的最后一支救援队回来了。他们没有找到你的任何蛛丝马迹，你们也没有留下像探险队习惯留下的石冢，没有遗留的帐篷，没有落下的设备。你们的船又在斯匹茨卑尔根群岛出现了，冰面让这艘船走动了，救援队人员已经把它带了回来。

已经没有其他的救援队了。六月二十八日，一名塞尔维亚人在萨拉热窝刺杀了奥地利皇储弗朗茨·斐迪南大公夫妇。许多人说奥地利将对塞尔维亚宣战，还有许多人担心俄国将援助塞尔维亚。不管可能发生什么情况，谁也不会再为一支救援队前往北极地区筹措更多的资金和人力了。你得靠你自己了。

当报纸报道救援队返回的消息时，他们对你和你的伙伴的前景进行了猜测。你们的储备，先前的救援队、渔民和猎手们留在小屋和营地的那些储备，还可以维持很长一段时间。可你们四个人都受了伤，过了夏天才能痊愈，在不久后突然出现在世人面前——这太不可能了。一个人永远不能放弃信仰和希望，人们的行为有时可能会超越自己的意识，也可能被不可思议的力量带动。可是一个人不得不在爱中想到那些已经无法挽回的，恐怕也不能挽回的东西。

不，我不会放弃信仰和希望，在爱情中除了想你，我不会再想任何人。不错，最近几个月里你有时远离了我。不过现在，你不会比上一次救援队回来之前离我更遥远，也不会比他们启程前离我更遥远。他们报道你的事情，我不感兴趣。你一直在我的心里，我盼望你，想念你，爱你。

你的奥尔加

一九一四年八月八日

我亲爱的：

　　德国向俄国宣战，向法国宣战，然后英国向德国宣战了。

　　陆军第四十一团已经开拔，我和孩子们在提尔西特。四下里有音乐和鲜花，男人们挥动着帽子，年轻的女人们被士兵们拥抱着，陪着他们上火车，火车上写着"去法国郊游"以及"一刀杀死一个法国人"。

　　这儿的村子里没有什么激动人心的事情。有人被征召入伍对每个家庭都是一次打击。数量不多的志愿军都是些年轻人，因为他们的父亲对待他们比对待仆人们更恶劣。其中有一个人向我告了别，他害怕战争，可他更害怕父亲。

　　战争和市民有关，和农民无关，却和孩子们有关：弱小的孩子扮演塞尔维亚人和英国人，其他孩子则对他们发动袭击，大吼"塞尔维亚人必须去死"和"上帝惩罚英国"。农民们也害怕俄国人进驻，他们担心自己的物资储备，比城里人更惶惶不安，而城里人则对邻近的俄国陶拉格卫戍部队的军官们有着不错的印象，将他们视为"俄国酒店"的客人。

  我可以想象你的情况。你一定会毫不犹豫地前往军团报名从军。有那么一个未多加思考的瞬间，我居然很高兴你能平安无事地待在东北地岛。

你的奥尔加

一九一四年九月十三日

我亲爱的：

　　昨天，我们的军队打败了俄国人。俄国的步兵部队和哥萨克骑兵八月二十六日占领了提尔西特，他们并没有作恶。有一次，一群哥萨克人出现在我们村里，孩子们好奇地打量他们，村长用啤酒款待他们，这些人马上又离开了。农民们将自己的妻子、女儿和女仆们藏在地下室和仓库里，可那些哥萨克人并没有提及妇女的事。

　　我知道盼不到你回来了。可我给你写了一年的信，你现在不作答与你一直以来毫无回应并没有两样，一切没有任何变化。你是遥不可及的，不过一直以来，你就是这样。我看到你站在我面前，把自己裹在衣服里，显得胖胖的，你的脸被大衣的毛皮里子和风帽围住，站在滑雪板上，双手戴着连指手套，撑着滑雪棒，皮带缠绕在你的肩头，你拉着雪橇。你与冰雪融为一体，遥不可及，白茫茫冷飕飕。如果你在我身边，我也不知道是否能给你取暖。你从我这里消失了，可对我来说，你并没有死去。

有时我和艾克讲起你的旅行。我将你写给我的那些信稍稍添枝加叶，你在艾克的眼里就成了伟大的冒险家。他想起你，当我跟他说他像你一样勇敢而强壮时，他感到很自豪。我应该警告他。我不希望他像你消失得无影无踪一样消失得无影无踪。可我不忍心做这种事。我们坐在一起，我讲述这些时，他的眼睛闪闪发光，当我在一个引人入胜的地方停下时，他不愿意等到明天或者后天再接着听，抓住我的双手，央求我继续说下去。那些都是真挚的时刻。

不管你在哪里，也不管你如何，祝你平安，赫伯特。我爱你。

你的奥尔加

一九一四年十一月十一日

我亲爱的：

　　每天都有战争的消息，如果是胜利的消息，钟声就会响起，旗帜就会飘扬。村里有两个人已经阵亡，所以当我听到那些消息时，只能想起那些被要求每日必战、每战必胜的牺牲者。

　　今天报纸上报道了那些年轻军团昨天在朗格马克①附近对法国人发动进攻的新闻。他们嘴里高唱《德意志之歌》，无视敌人的炮火，冲进高地占据了法国人的地盘。我们当代青年的精英们倒在茂盛的草丛中，据说我们对年轻人的自豪之情使他们死亡的痛苦神圣化了。

---

①位于比利时伊珀尔北部。

我看到你在他们中间。我看到你在奔跑，穿着军灰色的制服，头戴有着军灰色涂层的可笑的尖顶头盔，背着背包，手拿上了枪刺的步枪。就连那棕色的背包也是灰色的，你的面孔，你的双手，青草，树木，包括天空，所有的一切都是灰色的。这条路通往一处斜坡，你在奔跑中摔倒，站起来继续奔跑，我不知道你摔倒是因为失足还是因为受了刺激，我不知道你是否还能振作精神继续奔跑，我不知道你是否还在世。你的周围还有其他人在，他们也在奔跑，他们也摔倒了，可他们没有重新振作精神，也没有继续奔跑。唯有你站了起来继续跑下去，可你无法抵达顶峰，你在斜坡上，不停地奔跑，可就是到不了目的地，没有抵达法国的位置，也没有抵达死神的怀抱。

我犹如在一场梦境里看见你，知道那是一场梦，是我在许多个夜里反反复复做的梦，一直要做到你回来，做到战争结束。我从未梦见你在北极地区，我试着想象你在冰天雪地的环境里，但并没有真的想象出来，不管在清醒状态下，还是在睡眠状态下。有时我梦见你坐着一辆车或者一列火车或者一艘船离开，你站在平台或者甲板上，把身子转向我，可你没有招手，只是望了望我，然后就离得越来越远，变得越来越小。离别的梦，我从那些梦里悲伤地醒来，对那个变得越来越小的小伙子充满柔情蜜意。当你夜里在我的梦中奔跑着上了斜坡,你没有唱歌。没有人唱歌。在所有的一切毁灭和死亡时,天地间万籁俱寂。

你的奥尔加

一九一四年圣诞节

我亲爱的：

去年你说要在圣诞前回来，今年轮到那些士兵做这个承诺了。你们男人是不可信任的。

圣诞节下雨了，路滑，没有下雪，没有蓝天。但教堂被装饰一新，我和唱诗班一起演唱了两首拉丁语圣诞歌曲。我还从未见过教堂里挤那么多人，即便是平时待在家里的老人和病人，都希望在战时的圣诞节和其他人一起待在教堂里。正如外面狼在嗥叫时，绵羊互相挤在一起一样。这段时间里，有四户人家已经穿上了黑衣。当牧师为我们发动战争而恳求上帝的恩赐时，所有的人都惊恐万状地屏住呼吸。

有时我会幻想，你不是在东北地岛，而是去穿越北方海路，好踏着滑雪板或乘着雪橇研究夏天哪儿能通行船只。你已经抵达了西伯利亚北部，被那里的土著接纳，度过了冬天和春天，当你想在夏天途经莫斯科前往柏林时，在和俄国官员第一次见面时就获悉战争已经打响，于是趁被拘留之前逃回了不关心战争与和平的土著那里。你在那里无法给我写信。不过你还活着，一旦战争结束，你就会急匆匆地奔到我跟前。

今年我不是把所有的事情都做了吗！我和萨娜用那些果酱赚了钱，我买了一辆自行车。可是有只狐狸叼走了母鸡，这使我失去了养山羊的勇气。最早在后年，我就可以买上一架钢琴。但丁的《神曲》开始于《地狱篇》，我不喜欢阅读和折磨、痛苦及死亡相关的东西。我根本不喜欢阅读。快乐的书和悲伤的书一样令我悲伤。

我的西伯利亚幻想人物，我的爱情梦和我的噩梦，我疯狂的、迷途的、冻伤的、阵亡的丈夫，爱子的不中用的父亲，我用希望抵抗着理智，我的爱人，我不能，也不想放弃你。你依然是我的爱人，正如我依然是你的爱人。

奥尔加

一九一五年七月十一日

赫伯特：

今年夏天发生的战役要比我们迄今为止对战争了解的一切都更可怕。死亡人数并没有公布出来，但一位女同事和瑞典方面取得了联系，据说死亡人数有数十万之巨。我们看到的黑衣女人越来越多，看到的伤病员也越来越多。对某些人而言，战争已经过去，萨娜很幸福——她的丈夫回家了。他失去了胳膊，她说我们需要胳膊干吗。她不承认他还失去了更多东西，他并不谈论对战争的恐惧，可那种恐惧写在他的脸上。

战争消灭了我们这一代的男人。那名年轻同事也已经阵亡，就是那位同事曾经和我以及那些女同事见过面，继承了那辆女式自行车，还把车卖给了我。我有时想，如果你不回来了，我也许能和他幸福地生活在一起。我们没有许诺过任何东西，只是彼此凝视，或许我从他的目光里揣摩到了更深的含义。可是只要有能让我想到我的人生还没有结束的事情，那就够了。工作当然还要继续，无论是学校还是教堂，新的学生将年复一年地过来上学。可是我不只是你的遗孀和他的遗孀，而是一代人的遗孀。

你属于被消灭了的那一代人，我开始明白你已经死了。你不仅是远走高飞，无可企及。你是真的死了，假如我能回想起你来，那么你是我的回忆和渴望的怪物。我始终能回想起你来，一如既往地，因此我不得不一直对自己说：你死了。我必须学会和这种现实世界一起生活。

我学会不再给你描述夏天，写六月太热，七月太凉，不再写俄国俘虏在农家院落里干活，他们有时还替农民们在院子和牲畜棚里干活，不再写孩子们已经注意到世界四分五裂，不再写胜利并没有带来和平，死神在我们家族里，正如教父在家里一样，而祖国、阵亡、荣誉以及忠诚只不过是空话而已。我必须学会不向你讲述我的生活。可我做这样的事，反正也已经越来越少。并非是我自己，而是我心里的某个地方早已开始明白，你已经死了。

奥尔加

一九一五年十月九日

几天前，祖母去世了。她病了，我建议她到我这里来，我好照料她。可她希望死在自己的床上，或者她不希望我出现在她身边。她抚养我长大，但从未疼爱过我，仿佛我是某些令人不快的事情留下的一种失望或者一种回忆。

我过去的时候，她已经过世。她躺在寒冷的教堂中敞开的棺材里，我拿来一条羊毛毯，端来一张椅子，坐在她旁边。天黑时，我点燃一支蜡烛。

人们没有及时合上她的眼睛和嘴巴。可是，她的眼睛不仅睁开着，还似乎看到了死神的容貌，因此惊慌失措地大张着，那张嘴巴露出了没有牙齿的腭部，像是在吼叫。教堂里寂静无声，我似乎听到了吼叫声，于是将羊毛毯盖在棺材上。

可祖母依然在我心里，我感觉到她对我的排斥，正如我始终感觉到的那样。有时她动手揍我，还常常训斥我。可即便她不做任何事，甚至也无法生硬地和我说话时，她的排斥却还是犹如一种气味飘荡在空中。我坐在教堂里，重新闻到了那种熟悉而令人厌恶的气味。

以前我猜测过这种排斥来自哪儿，我费尽心机做讨祖母喜欢的一切事情，可是我很受伤，因为我无法把事情做到合她心意的程度。当她惩戒我的时候，我很气愤，尽管我没有犯下任何过错。现在，我只是依然悲伤。我想到了艾克。对祖母而言，亲眼见到我长成亭亭玉立的姑娘，那本该是一件多么美好的事呀，对我而言，被一位妇人陪伴着成长，那本该是一件多么美好的事呀。如果她可以让别人爱上，那我一定会爱上她了。而被人爱是一种怎样的幸福！

"去爱吧，诸神们，那是怎样的幸福。"歌德写道。他将被爱置于幸福之上。因此，一个人生活在被爱的自信里，才可以创作。我没有这种自信，从来没有。

有时，我会对自己产生怜悯之心，我在没有爱的环境下长大，即便和你在一起，我的爱也只能勉勉强强地活着。此刻我想起了千千万万阵亡的士兵，他们不再鲜活的生命以及不再鲜活的爱情，这使我丧失了对自我的怜悯。只是悲伤依旧在。

我坐在棺材旁边,开始哭泣,无法自持。在我和祖母、我和你、士兵和妻儿之间,这一切本该如此,却并非如此——我怎么能忍受?我还应该为什么事而高兴呢?这个夜晚,你又一次死去,我不知道这是第几次了。和你的死亡相比,一切还从未如此空洞过。

稍后,我站了起来,在教堂里走来走去。我坐到那架我经常练习和演奏的管风琴前,走到那个我曾经在那里读书、编织以及谈情说爱的包厢里。我坐在那里哭泣,回忆很痛苦,可我难以停下来,回忆一幕接一幕地呈现出来,我感觉你就在我旁边,你就在我旁边不见了。

外面天色亮起来的时候,我走了。我穿过田野,走到林边属于我们的那块地方。那里没有任何变化。我站着眺望远方,等待某些东西,可不知道在等待什么,看到太阳升起,先是照亮了树梢,然后是树木,然后是田野。那是一场美轮美奂的奇观。

  你的——别问我怎么回事——始终还是你的

          奥尔加

一九一五年十二月三十一日

我最亲爱的,这是我写给你的最后一封信。我在向你告别。我开始了没有你的新的一年。我不希望你再在我的周围,不希望你再在我的心里出现。你死了,你早就死了,而我还一直和你说话,假若我这么做,就能看到你出现在我的面前,可以听到你的声音。你不给我回答,可是你会哈哈大笑或者不满地抱怨,或者赞许地咕哝着。你在那里。我听到士兵被截去一条胳膊或一条大腿的声音,有一种疼痛的幻觉。那些胳膊或大腿已经离开了身体,可是我觉得它们很疼,仿佛它们还在原处。你走了,可是你让我疼痛,仿佛你还在原处。

我爱你,尽管你已经死了,正如你活着的时候我曾经爱过你一样——你一直是一种幻象吗?难道我爱的始终是一个我想象出来的形象吗?一个无论你是活着还是死去都无所谓的形象吗？

我不希望把你逐出我的生活。你应该在我的心里留下一个位置，留下一只小盒子，是你的，只是你的，我偶尔可以在那只小盒子前逗留，可以想起你。可我不得不把这只小盒子锁起来，这样就可以避开它，否则就太令人伤心了。

你还记得我们初试云雨之事吗？我们本想出去散步，可只是走到了林边属于我们的地方，我们一直在那里碰面、说话和学习，我们在那里发觉两个人属于彼此。我们站住了，搂抱起来，然后躺在草地上，一切都顺理成章，一切都出人意料。我们快乐得无以复加。然后天黑了，你的一个上司，你父亲的朋友到你们庄园做客，你不得不辞别。我目送你离去，你转过身来，朝我回头望。然后你就一溜烟地走了。

走吧，我最亲爱的，为了我再回头望一眼吧，不过还是走吧。

奥尔加

一九三六年七月二十七日

艾克。他给我写信说想见识一下奥运会的盛况，或许他在意大利工作的时间太久，现在是时候回德国生活了。整整一周他都住在萨娜那里，周末会来我家，今天去了柏林。他想亲历这次奥运会。他会待在德国。我们在提尔西特车站告别时，他才跟我说他参加了纳粹党，并且加入了党卫队。他倚靠在车窗外面说起这件事，仿佛是想起了一桩小事，只是想稍稍提一下而已。

你们男人都是什么样的胆小鬼！你没有勇气告诉我你在冬季的胡闹，他也没有勇气跟我谈起他的政治疯狂。你们俩都知道我会和你们发生争执，你们无法忍受这种争执。冰和雪，战争和武器——你们男人觉得你们能胜任这些，却不能解决一个女人的问题。

过去的那些年里，我常常问自己，你会如何看待所有的一切？我并没有纳粹的殖民地梦想，也没有征服北极的梦想，或许这些梦想才能拯救你。可他们把事情搞得太大了，而把事情搞得太大就离谎言不会遥远。或许你也真的会教人们做殖民地和北极的梦想吧。

我很愤恨，对艾克，也是对你。他是你的骨肉，流着你的血。他和你一样愚笨，和你一样胆小。他也可能和你一样可爱。可这种可爱战胜不了愚笨和胆小。

奥尔加

一九三六年七月二十九日

在紧接着第一封信之后又写第二封信——我们有过这样的事，我知道。但这封信并不是要收回第一封信里写的东西，你不仅应该看这封信，而且是要两封信一起看。艾克的消息令我很震惊，我只能写信给你，给我的男人，他的父亲。艾克是你的儿子，也是我的儿子，但更是我的儿子。艾克的来信让我可耻地想起了这事。他在火车上就给我写信，为自己辩白。我一定是教会了他去冒险、前往远方、在远方生活的快乐。这个他尝试过了，他也找到了。德国不需要殖民地。德国的生存空间位于尼曼河和乌拉尔山脉之间。他要去那里，为德国的子孙后代冒险，他想出发到那里去，想定居在那里。

我并没有指责你，而是指责我自己。战后，他作为高级文理中学的学生在我家里住过很长时间，我应该把他教育得更好才是。我应该跟他讲述你的另一面。不是讲述一个英雄,而是讲述一个人们不再竭力效仿的有着忧伤形象的骑兵,讲述这个人在竭力效仿英雄的同时耽误了自己的生活。你想做阿蒙森,若不是阿蒙森,那就要做斯科特,而不是过普通的生活。艾克现在也想过一种不属于他的生活。这种生活不是结束于冰雪里,却把他引向战火中。

这件事很蹊跷。你给人的感觉和二十年前无异。你一直以来都没有变老,可我老了,这种感觉真是够了,但就是这样。或许我也是因为孤独寂寞,才给你写信。德国在我眼里已然变得陌生,在村里,在教堂,在唱诗班,许多我熟悉的东西已经不复存在。当我拒绝教授人种学课程时,那位老督学忧心忡忡地摇摇头,而那位新督学想把我清除出校。

我不再喜欢上教堂去。我是因为管风琴和唱诗班才去的。牧师是一个德国基督徒[①],他想让一个人失去信仰的快乐。反正我不相信天堂和地狱以及死后复生之类的东西。所以你只是在我心里,我在那里向你致意。

你的奥尔加

[①] 德国基督徒党成立于1932年,宣扬种族主义、反犹太主义,成为纳粹的政治和宣传工具。

一九三九年十月十五日

赫伯特，亲爱的：

　　三年前我给你写过信。之后不久我病了，自此耳朵再也听不见了。我被解除了教员岗位，到了布雷斯劳的聋哑学校，靠做裁缝赚取自己的生活费。但我不是因为这个才给你写信。我给你写信是因为艾克。

　　每隔几个月，他都会过来看我，很体贴，很关心我。如果我没有极力拒绝，他一定会给我钱，那样我就不必干缝纫活儿了。他没有说他做什么工作，我也没有问。直到上一次过来看我，他才向我透露，因为他太沾沾自喜了：他在帝国安全总局工作。两年前开始任职于国家秘密警察局，由此开创了飞黄腾达的职业生涯，一次是去年得到晋升，一次是今年得到提携。

囚犯们在帝国安全总局的地下室里遭受折磨。我知道，大家都知道。他说必须这么做，我不明白这一点，是因为我不明白新时代。而我只不过是对新时代太了解了。时代还是旧时代，只是德国这次应该还想变得更伟大，还要有更多的敌人，必须赢得更多。而且这种喧哗声还要更高，我听见了，尽管我是聋子。

我忍受了艾克对血与土①以及命运的长篇激情独白。我无法忍受他坐在二楼的书桌旁，而囚犯们在地下室里遭受折磨。他是自己到地下室去的吗？我给他写过信，说我不想再见到他。可他还是来了，我把所有的一切都跟他说了，他毫无悔过之意地坐在我对面。他让我想起了我的学生们，那时候我想改掉他们的卑鄙行为，而他们知道我做得对，却又不想妥协。如果只是鸡毛蒜皮的事情，他这种天真的不思悔改一定会打动我。

我已经学会没有你而活着，我也会学会没有艾克而活着。我很痛苦。

奥尔加

---

①血与土是德国种族意识形态，指民族的生存依靠民族血统和土地，这一论点是纳粹意识形态的核心组成部分。

一九五六年四月一日

赫伯特：

　　你应该知道艾克还活着。去年他从俄国俘虏营获释，是一万人中的最后一批人。

　　他给我写过信，也来看望过我。他在信中表现得伤心欲绝，过来看望我时却表现得自以为是。我看到他时很为他难过——那副瘦骨嶙峋的外表，那张憔悴干瘪的面孔，那满头白发。然后我拥抱了他。接下来我们开始说话，他只谈到他身上发生的不公，以及命运多舛的德国。我觉得他很陌生，比在战前还要陌生。他有了一个儿子，不久后他妻子又怀孕了，我真想见见他们，但我不会插手孩子的教育和家庭事务。他可以没有我，这十五年没有我，他照样可以。因此，正如我以前和他说的那样，他不再和我说话了。

他不准备再见我。我也不准备再见他。我成了一个孤独的人，但我已经习惯了。在一个做缝纫活儿的人家，我和年纪最小的那个男孩建立了某种友谊。他叫费迪南德，他让我想起了你和那个年轻的艾克，我跟他讲起了你的冒险经历，但留心不让他觉得生活是一种冒险。

合群者生活在现在，而孤独者生活在过去。我常常想起你，若是你我一起变老，恐怕我就不能更好地回想起我们共同的岁月。可若是有共同的回忆，那该有多美好，你我坐在屋前的一张长凳上，你想起了什么，我也补充了一些，然后我也想起了什么，你又继续说下去。

在日常生活中，我也常常想起你。我和你说话，那要好过只有我自言自语。

你是我的伴侣，你早就是，也始终是我的伴侣。我也生过你的气，和你发生过争执，可也因为这些吵吵闹闹，你成了我的终身伴侣，我很高兴这个人是你。

你的奥尔加

一九七一年七月四日

赫伯特，我亲爱的、忠诚的伴侣：

　　我读到过一些艺术家的故事，他们创作的某些作品没有署上自己的名字，谁也不会将这些东西视为他们的作品，或许谁都没有看到或者听说过这些作品。他们发现一块盆地，是由岩石山里的一条小溪冲刷形成的，于是用小石子在盆地里画了一个图案。他们在风从四处吹来的山崖中找到一条缝隙，只够插入一支或两三支小玻璃长笛，让风吹奏出一句乐声或者一个和弦。落潮时，他们在沙子上画了一幅图案，数小时后一涨潮图案就被毁掉了。也许潮水没有毁掉它，只是将它裹挟走了？几个星期前，我从阳台上看到一座水塔被炸毁。它犹如一幢高楼那样高耸，像是由一个个集装箱堆起来的，由砖墙结构组成，上面有一个隆起的屋顶，屋顶上有一座小塔楼，小塔楼上又有一个隆起的屋顶，那些屋顶由石板构成。水塔美轮美奂。它已经被废弃了。

我在报纸上看到过准备爆破的文章，就在人们开始准备时，我去了那里，还和爆破专家说过话。他们不会对一个老太太起疑，所以这位专家跟我解释了他将如何拆毁这座水塔。水塔不会轰然坍塌，它将会无力地倒下，扬起灰尘，但不会造成损失。次日，我又去了那里，那是爆破的日子。爆破专家和工人们认识我，很高兴看到我对此感兴趣。当我从敞开的装着甘油炸药棒的箱子边走过时，他们并没有怀疑。因此我现在拥有了三根甘油炸药棒，只需浸湿一根沾有打火机汽油的毛线就可以当作导火线。我拥有了需要的一切。

我要炸毁俾斯麦。所有的一切源于他。你认为他很好，可这是错的。或许当他被炸毁的时候，人们才会反思。但或许谁也不会注意到，他已经不存在了，只剩下一小堆垃圾和废墟。正如谁也没有在山涧里看见花纹，在高山上听见和弦，或者在沙子上看见图案一样。这些东西不必被发觉，才是美丽而真实的。那些行为也不必被发觉。除了和你分享，我还能和谁分享这一点呢？费迪南德是一个好小伙儿，我很喜欢他，可他有点儿无聊。他们全都是这样。他们总是随时准备好做出道德评价，对过去和现在的事，而尽管他们生活无忧，不必为成为道德之人而付出任何代价,却觉得自己勇敢无畏,还要自吹自擂。我希望费迪南德的人生比你和艾克的更好。可他那一代人也希望使人生变得"太伟大"。

你不相信我会做出偷走甘油炸药去炸毁纪念碑的事吗?你觉得我干的事很疯狂吗?你会为我干了一些疯狂的事,而你不再是孤身一人而高兴吗?我还不知道何时会做这件事。可自从我计划做这件事以来,我感觉很好。

而我离你很近。

你的奥尔加

我坐着，手里拿着那封信，看到她站在我面前，看到她即便上了年纪也很笔挺的身材，她在漆黑的天空下靠着路灯的光线，缓慢地穿过大街小巷，衣袋里藏着甘油炸药、导火线和火柴，在纪念碑旁忙碌着。我感觉得到围绕她周边的那种静寂，听得到她的独白，她压抑的哼唱。我听见了爆炸声。

我为她感到自豪。那是怎样的幸福，如果一个人过的这种生活和他表现出的这种癫狂，犹如旋律和对位一样和谐的话！而如果两者不仅和谐，而且那个人还亲自把它们拼合起来的话！

奥尔加的人生旋律就是她对赫伯特的爱情和她对他的反抗，其中有满足，也有失望。在疯狂地反抗赫伯特之后，她用一种疯狂的行为结束了平静的人生——她把对位放进了她的人生旋律之中。

我不想隐瞒，奥尔加的最后一封信起先伤了我的心。我很无聊吗？可她并没有写她和我在一起感到无聊。她提及了我这种无忧无虑的生活，我也知道我的生活无忧无虑。或许我受到了太多照顾，可这是一种多余的想法。

　　这是最后几行字。我并没有随它们一起和奥尔加告别。我永远不会和她告别。如果阿德尔海德来的话，我们将驱车前往我的家乡，来到贝格墓地的奥尔加的坟墓前。当然我现在知道，她让我想起了她的祖母。多么美呀，在阿德尔海德的脸上，我看见了奥尔加的脸！

图书在版编目(CIP)数据

你的奥尔加 /（德）本哈德·施林克著；沈锡良译. —— 海口：南海出版公司，2019.11
ISBN 978-7-5442-9635-9

Ⅰ. ①你… Ⅱ. ①本… ②沈… Ⅲ. ①长篇小说-德国-现代 Ⅳ. ①I516.45

中国版本图书馆CIP数据核字(2019)第161910号

著作权合同登记号 图字：30-2019-078
OLGA by Bernhard Schlink
Copyright © 2018 by Diogenes Verlag AG Zürich
Simplified Chinese translation copyright © 2019 by Thinkingdom Media Group Ltd.
All rights reserved

你的奥尔加
〔德〕本哈德·施林克 著
沈锡良 译

出 版	南海出版公司 (0898)66568511
	海口市海秀中路51号星华大厦五楼 邮编 570206
发 行	新经典发行有限公司
	电话(010)68423599 邮箱 editor@readinglife.com
经 销	新华书店
责任编辑	翟明明
特邀编辑	李怡霏
营销编辑	柳艳娇 何永刚 郭煜晖
装帧设计	韩 笑
内文制作	田晓波
印 刷	山东鸿君杰文化发展有限公司
开 本	880毫米×1230毫米 1/32
印 张	7.75
字 数	130千
版 次	2019年11月第1版
印 次	2019年11月第1次印刷
书 号	ISBN 978-7-5442-9635-9
定 价	58.00元

版权所有，侵权必究
如有印装质量问题，请发邮件至 zhiliang@readinglife.com